あどけない日々はめぐり

崎谷はるひ

あどけない日々はめぐり

イラスト　蓮川愛
ブックデザイン　ウチカワデザイン

なまめく夏の逃げ水は遠く
ICE

脳が煮えるほど暑い夏。

日本でも有数の観光地と言われる湘南の海辺。沖の方ではウインドサーフィンに興じるひとびとの姿。波に照り返す陽光も相まって、遠目の光景はとてもまぶしいのだが——。

（すっごいな、この状況）

イモ洗い、と古い言葉があるけれど、人間もまじえてごみごみした海は、とても涼めるような雰囲気ではない。なかには泳ぐ気あるのかというフルメイクの女性と、いかつそうなお兄さんが、ここは公共の場所ですよ……と言いたくなる濃密さで戯れていたりして、いったいここはどこだっけ、と首をかしげたくなる。

「朱斗《あきと》、見すぎ」

ぽかんと口を開けて、いまにも公序良俗に反しそうなカップルを眺めていた志水《しみず》朱斗は、隣にいる友人の言葉にあわてて振り向いた。

「ごめん、さとーくん。なんかすごすぎて」

「まあ気持ちはわかるけど。開放感でタガ外れちゃったんじゃないの」

佐藤《さとう》一朗《いちろう》は、それが常の穏やかな顔で笑いかけてくる。彼と朱斗の身長差は二十センチ近いため、視線をあわせるにはどうしても上目遣いになるのだが、このときは不快感を示すためのうろんな表情になった。

「ひとまえでおねえさんのきわどいとこさわるのって、解放感とかそういう問題なん？」

佐藤は広い肩をすくめ、「遊びにきてるんだし、はしゃいじゃったんじゃないの」と気のない声で言ったけれど、それはやぶ蛇《へび》というやつだ。

「……せっかく来るなら、おれも遊びにきたかったわ」

ため息をつく朱斗の左手には地域指定のゴミ袋、もう片方の手にはゴミ拾い用のトング。佐藤はさらにほうきとちりとりがセットになっている掃除道具まで持っている。

ふたりとも格好こそ、ハーフパンツにTシャツと夏らしい格好だが、頭には暑さ対策の帽子とタオル、手には軍手。そしてやっていることはサマーバケーションとはほど遠い。

「なんかこう……周囲の状況とのギャップがじわじわくるわ」

「ぼやかないでがんばろうぜ？　この時期、観光客増えて店は潤《うるお》うのかもしれないけど、放置ゴミも急増して問題になってるんだよ。これはどこの観光地でも同じで、なかなかいい対策がないんだよなぁ……」

佐藤は役所の職員らしいことを言いつつ、目についたゴミを手早く片づけている。朱斗は「手際いいなあ、さとーくん」と感心しつつも、それに比べて……と背後を振り返った。

「……がんばるは、がんばるけど、イラッとするなあ、あれ」

「うん？」

「さとーくん、アレ見てなんとも思わんの？」

げんなりして見やったのは、パラソルしたのデッキチェアで寝そべる美貌《びぼう》の男だ。サイケなガラの水着に白いパーカーのまえは全開、サングラスをしたまま組んだ腕を枕に寝そべる碧《みどり》を見て、色めき立つ女性陣の多いこと多いこと。

まさしくサマーバケーション、といった様子は、そのまま広告かなにかのスチルに使えそうなほど絵にはなっているけれど、それだけに腹が立つ。

「あいつ、なんなん？　ひとを海まで呼びだしといてほっぽらかし、自分は優雅に日光浴て」

「まあ、あいつは夜が本番だし」

そこのね、と佐藤が振り返ったのは、海の家というにはずいぶん立派な簡易ライブハウス。収容人数もかなり多く、真っ黒に塗られたそのなかでは、現在も昼の部のアーティストが歌い、客が踊り狂っている。

あいつ、こと弓削《ゆげ》碧はライブイベントのゲストだ。そのため彼の寝そべるスペースには白いヒモとコーンで柵《さく》が作られ、そこにぶらさがった『STAFF ONLY』の札が、立ち入り禁止区域を作りだしているため、関係者以外おいそれとは近づけない。

「にしても、最近あいつ、ＶＪの仕事ばっかやな」

「人気あるからしょうがないんじゃないの？　本人、じつは渋ってるみたいだけどさ」

オールジャンルアーティスト集団のリーダー格である碧は、最近まるっきり芸能人的な仕事が増えている。デザイナーやアーティストと言えば、パソコンで処理をしたり、手書きで絵を描いたり、というイメージだった朱斗にとって、イベント企画そのものがデザインだ、などと言われてもよくわからない。単に、やたらめったら見栄えのいい男だから引っ張りだされているのではないかと思う。

「渋ってる言うわりに、えらいゆったり構えてはりますけどー」

「ありゃ寝てるだけだよ。きのうまでは急ぎの仕事やっつけて、睡眠不足なんだって」

「それは聞いとる。けど、ここくるまでも、さとーくんの車で爆睡しとったやん」

ぶつくさ言いつつ、いっしょに海にいこうと言われて舞いあがった自分がばかみたいだと朱斗は内心吐き捨てる。

学生時代と違い、社会人の夏休みは短い。朱斗のつとめる御崎画廊《みさきがろう》は、現在の正所員が朱斗を含めて四人というこぢんまりとしたところだ。アットホームで、就職以来とても楽しく仕事させていただいているが、それだけに休みの確保はむずかしい。

規定で一週間の夏休みをとっていいことになってはいるが、連続しては無理。そんなわけで、催しも多く来客も増えるお盆をはずした八月の前半と後半、三日ずつ休むことを申請していた。

本日はその前半休みの初日。昨日まで休み前ということで残業していたというのに、なぜ湘南くんだりまできて、汗まみれの作業をせねばならないのか。

それよりなにより――と、自分の姿を改めて眺め、ため息まじりにぼやいた。

「つーか、着くなり裏方用のＴシャツ渡されて、そこら辺のゴミ拾ってこいて、いったいどういうことなん」

「それはおれがさっき説明したろ？　環境問題改善のために、率先してゴミ拾いをね？　ボランティア活動の一環やってますよっていう、アピール？」

「しつこく疑問形にせんでええわ……ちゅうか、それがおかしいやろ。そもそもおれら以外のスタッフの連中、ゴミなんか誰も拾ってへんやないか！」

女性スタッフは碧へ媚《こ》びを売ろうとへばりついているし、男性スタッフもドリンク片手に談笑するばかり。そのうえメインＶＪの友人《ゲスト》二名を付き人扱いした上にろくな説明もなく、いきなりゴミ拾いを押しつけるというのは、さすがに筋が通らないだろう。

「腹立つわ……うちの画廊でバイト雇う時、こんな扱いしたら所長にどやされる」

ちなみに朱斗自身は都内にある画廊で総務アシスタントをつとめている立派な社会人だし、佐藤に至っては区役所勤めの立派な公務員である。他人からこうまで無礼な扱いを受けたのは学生時代のアルバイト経験ですらろくになく、面食らったと同時に腹も立った。

「まあまあ。わかったから朱斗落ち着いて」

佐藤は苦笑したのち、朱斗の耳元へと口を近づけた。すぐ近くにあるスピーカーからの大音量の音楽のせいで、距離を縮めないと会話もいささかむずかしいけれど、これはどうも様子が違う。

「あのさ。あとで今日のことレポっぽい文章にまとめてくんないかな？　いきなりゴミ拾い押しつけられたこととか含めて」

「はァ？　レポて、なんでそんなん――」

困惑して見やったさき、ふだん温厚でにこにこしている佐藤の笑顔が、どこか怖い。目が、笑っていないのだ。剣呑《けんのん》な気配を感じ、朱斗は顎《あご》を引いた。もしかして自分が文句を言いすぎたのか。いや、そんなことで腹を立てるほど佐藤はちいさな男ではない。ないだけに、これは。

「え、えっと、さとーくん？　どしたのかな……？」

その妙な迫力はどうしたことか教えてほしい。上目遣いで告げると「じつは」と長身を折り曲げた佐藤がやはり笑顔のまま、だが真剣なものを含ませたちいさな声で、ささやいてくる。

「夏のこういうライブ系の催しが、この付近の住民からあんまりよく思われなくなってんのね。で、あちこち場所変える羽目になってるの、知ってた？」

「へ？　海の家ってそりゃ、即席な建物やし資材なんかはすぐ運びだせるやろけど、普通おんなじ浜辺に毎年出すもんちゃうの？」

あれとか年季はいってるし――と、すこし離れた場所にある建物を指さす。潮風で傷んだ看板は手書き風の筆文字で屋号が記されていて、軽食や貸し浮き輪などを提供している、いわゆる誰もが想像する『海の家』だ。

「ああいう地元の定番はそうだろうけどね。ざっと見ても、割合としてどう？」

「んと……ここいらは、派手なヤツの方が、多いな」

朱斗がいまいる付近を見る限り、日焼け止めのココナツのにおいと香水のにおいが充満し、どっかんどっかんと重低音のきいた音楽がそこかしこから流れ、即席ライブハウスの周辺にはミュージシャンのファンらがたむろしている。

「こういう新しいのも賑《にぎ》やかでオシャレやとは思うけど、なんかあかんの?」

「あかんことはないんだけど……」

朱斗のなまりを真似した佐藤が、「ただ、おれらはよそから来てるからね」と前置きする。

「この騒がしさが深夜まで続いたら、さてあそこに住むひとたちは、どうかな?」

佐藤が指さしたのは、海岸からあがった道路沿いの向かいにあるマンションや民家だ。ここに訪れるため、海沿いの道路を佐藤の車でずっと走っている最中に気づいたことだが、湘南の浜辺付近は思いのほか住宅街に近い。

「……めっちゃうるさい、ね」

道路一本挟んだだけの距離でこの大音量、周辺に遮るものがなにもないだけに響き渡ることだろう。朱斗が顔をしかめると「音だけの話じゃなくてね」と佐藤がため息をつく。

「夜中まで遊んだ観光客の中に、酔っ払った勢いで、マンションに向かって打ち上げ花火ぶっ放したのがいたって話なんだよね」

「うげっ」

「あと、タクシー止めるのに道路の真ん中に寝転がったり、いきなり飛びだしてきたりはしょっちゅうとか」

「はぁ？　なんやそれ⁉　事故ったらどないすんの⁉」

さすがにオイタがすぎるだろう。朱斗が目を剝《む》くと、佐藤はげんなりと顔をしかめた。

「ほかにもあれこれ揉《も》めごとが増えた結果、付近住民の抗議で海の家の運営が危うくなって、他の浜辺に移動。その先でもやっぱり酔っ払いが増えて、これまた付近住民の以下略——って感じで、同じこと繰り返してる」

「なんつうか、イタチごっこやな……」

思った以上の大事らしい。まったく知らなかった、と朱斗は目をしばたたかせた。

「けどそれこそ、抗議言うならお役所とかがなんか言うんやないの？」

「もちろん、市をはじめとした自治体から指導いれたりしてる。夜間の演奏禁止とか、浜辺でのアルコール禁止とかね。その結果移動が続いてるわけだけど、そうしたらそうしたで、観光客の減少にもつながるから、これはこれで悩ましいひとたちもいる。夏の時期の売り上げだけで、年間の収入ほぼまかなってる飲み屋なんかもあるそうだしね」

「うはあ、お役所もお店屋さんも、大変やな。とはいえ住んでるひとらの治安も大事……」

「そんなわけで、ここの浜辺もアルコールは海の家でのみ販売、飲食ＯＫ。持ち込みは禁止なんだよ」

あちらを立てればこちらが立たず、というやつだ。ぱっと見、派手やかでいかにも楽しそうな浜辺にそんな問題がひそんでいたとは、とため息をついた朱斗だが、「ん?」と首をかしげた。

「でもそれ、もう解決策出とるよな? 音楽とアルコール禁止にすれば、ライブハウス系ってそもそも無理んなるし、酔っ払いもいなくなるよな。なのになんで、いまさらレポとか……」

しかも、この海の家の運営にも、むろん自治体にも関係のない朱斗が。首をかしげ、その疑問を口にしようとして、はたと気づいた。

さきほど拾い集めたゴミ袋のなかには、ビールの缶や瓶が、しかもけっこうな数、はいっている。

「なあさとーくん。ここの浜辺、アルコール禁止になったん、いつ?」

佐藤は「去年」と即答する。その素っ気なさに、朱斗はやれやれと顔をしかめた。

「……なるほど、どう見ても去年のゴミやないね、これ。それに——」

ちらりと流し見たスタッフオンリーの出入り口付近、いまはビニールシートをかぶせてあるコンテナの中身は、段ボール。未開封のそれに印刷されたロゴは、朱斗がさきほど拾った缶と同じものだった。

「イベント参加者はワンドリンクオーダーが義務て言うてたよな?」

「そう。運営会社の上のほうが禁止事項に配慮して、このライブハウス内で提供するのはソフトドリンクオンリー……の、はずなんだけどねえ」

「あのボックスんなか、スタッフ用にしても多すぎるし、そもそも『持ち込み禁止』やろ」

苦々しげに顔をゆがめた佐藤は、もとから低い声をさらに一段低くする。

「じつはこの間、このイベントハウスでね。ソフトドリンクだって言って飲まされた女の子がちょっとね、大変な目にあった」

「えっ……」

急性アルコール中毒かなにかか、と思ったが『飲まされた』と佐藤は言った。もしかして『そういうこと』なのか、と顔をしかめれば、同じような表情の彼がうなずく。

「いくら行政が指導かけたところで、現場で視察の目がない隙間狙ってやっちまえ、的なのもいたりいなかったりするわけ。……よろしくないよね？　それは」

わざとらしくのほほんとした口調が、ますますひんやりしている。朱斗は真夏だというのに背筋に冷たいモノを感じた。

「ってわけで、ちゃんとした事実関係知りたいなー、みたいな話をね、あるひとからされて」

「あるひと、て、さとーくん……それ、誰」

「この件で迷惑被《こうむ》ってるひとを見過ごせないひと」

佐藤はにっこり笑って、「だからそれ誰？」という朱斗の疑問には答えないまま話を続けた。

「もちろん店側が気をつけてても、遊びにきたひとのなかにはそういうの無視するのもいるし、そこはどうにかしていかなきゃなんだけどさ。まずは決まりを守ってないハコからアレしていかないとねーって。でもおれ、都内のお役所の人間ですし？　そこまで深く突っこむのはよろしくないから、やっぱそこは善意のいち市民の目が必要かなって、ね？」

「アレして、て……ね？　て……」

佐藤はひと当たりのいい性格のせいか、非常に顔が広い。コトの経緯やどこの誰さんがどう困っているのかはよくわからないけれど、誰かになにか頼まれたか、悩みを聞いてしまったかして、ここにいる、ということだけはわかった。

そして表向き、佐藤が佐藤としてこの場にいてはまずい、ということも。状況を察して、朱斗はげんなりした。

「おれが呼ばれたんそのためかい……要するに、実質さとーくんが調べるけど、おれがやったことにすんねやろ」

「朱斗には期待してるよ」

佐藤はなんとも微妙な返しで、朱斗の問いに対する明確な答えを避けた。いったいいつからこんなに腹芸の達者な男になったのかと、長いつきあいの親友を眺めて朱斗は目を平たくする。

「碧も、だからこのイベントに協力してんだよ。あいつもなんだかんだ、そういう違反行為って好きじゃないからね」

「自分ルールにしか従わんくせして？」

要するに、いま朱斗たちが背にしているライブイベントの企画会社は、いろいろ決まりを守っておらず、内部調査じみたことを佐藤と碧で企《くわだ》てた、ということだ。

「そんなわけで、今日のスタッフのなかには、碧のデザイン事務所のひともちょいちょい、混じってる」

思った以上の物騒な話に、朱斗は顔をしかめた。と同時に疑問もわく。

「なあ、なんでおれらが引っ張りだされてるん？　それこそ、本職さんに任せるべきちゃうの？」

そこまで事件性があるならまず警察に話すべきなのでは、と問えば、「そこがややこしいんだよねえ」と佐藤はため息をついた。

「なにがややこしいねん。さっきっから断片ばっかで、さっぱり話見えんし、イラッとするわ」

ここまで巻きこんでおいて、このうえごまかすようなら帰るぞ、とすごんでみせれば「それは困る」と佐藤があわてて肩を摑《つか》んできた。

「あーもー……しょうがない、事情話すよ」

「最初っからそうしとけばええんや」

ふんぞり返って顎をしゃくると、苦笑しながら佐藤が耳打ちしてきた。

「じつは、この件持ちこんできたの、碧の親絡《がら》みなんだ」

「親ぁ？」

どういうことだ、と朱斗が首をかしげれば、佐藤はますます声をひそめる。

「このライブイベント仕切ってるのが、あるイベント会社でさ。それ、碧の母上が所属してる事務所が母体なわけ。んで、オカーサマ、来年は芸能生活三十周年の企画があってね」

碧の母親は日本でも有数の美人大女優と言われる人物だ。プライベートを公表しない主義のため、碧の存在については公《おおやけ》にしていないが、親子仲は特に悪くはないらしい。

「あ……なんか見えたわ。ビッグイベントのまえに、妙なミソついたら困るっちゅうこと？」

「そゆこと。くわえておれもおれで、この地域のひとから『色々怪しい』って話を聞いてたもんで……公的機関が取り締まりに入るのは、もう秒読みだと思う、って話をしたんだよね」

酔わされた女の子の件はまだ明るみに出ていないが、おそらく早晩、似たようなことは起きる可能性が高い。もし次にそんなことが起きるようならまずいと佐藤が告げれば、「なら協力してくれ」と言われたそうだ。

「もちろん通報するのは止めない。けど、オカーサマの会社も対策のために、ある程度の事情を知っときたいらしい。すでに、契約関係とかその辺きれいにするために動いてるらしいんだけど」

そのあたりの大人の事情は詳しく話せないと言われたそうだが、要するに、縁が切れる前に妙な事件が明るみに出るのは困る、ということらしい。

「とはいえ事務所スタッフは運営と警備側にいてふつうの業務があるから、もうちょいラフに動ける人間が必要になるんだと」

「で、下手な相手には頼めんってことで、おれらか……」

「あいつもひねてるけど、親のことはそれなりに大事にしてるし。めずらしく、おれに頭さげてきたよ」

「おれ、さげられるどころか、事情も聞かされてへんかったけど……？」

ははあ、と朱斗はため息をつく。その肩をぽんとたたいて、佐藤が苦笑した。

「ともあれ夜の部で、碧の紹介したミュージシャンとかがステージやってる間に、おれらで色々調べてくれと。ってことで協力してくださいな」

「……なんでそれ、いまになって言うんや……」

「最初から言ってたら、ほかのスタッフとの顔合わせの段階で朱斗、バレるだろ。顔に出て」

「それはどやろな。大体、あいつらおれの顔やらろくに見てへんかったし」

まったくもっていないもの扱いした態度はひどすぎて、それを平然と流した碧にも、隣で笑うばかりの佐藤にも腹を立てていたが、そういうことならむしろ都合がよいのだろう。

「ちゅうか、調べる言うても、そんな探偵みたいな真似できるん？　さとーくん」

「基本的には、アルコール禁止の件を違反してる証拠だけ見つければOKだって。だからさっきのお酒のコンテナとか、それを客に出してる場面の写真を押さえればいいってさ」

あとは言わずもがな、なにか怪しげなことをしでかす輩《やから》がいた場合には、止める。それは警備スタッフを請け負っている面々が目を光らせる、とのことだった。

「言うても、おれらここ来てからずっとゴミ拾いしとるだけやない？」

「ライブイベントはじまるのは夕方からなんで。それまではできることやっとこう」

「……もしかしてゴミ拾い自体は、べつに業務ではないんかいな」

「おれが見かねて、やりましょって言ったの」

車を停《と》めるため、一度朱斗らと離れて駐車場をまわってきた佐藤は、この会場付近のゴミがやけに多いことが気になったそうだ。そして運営スタッフに告げたところ「だったらそっちがやってくれ」と丸投げされたらしい。

「だいたい業務ったって、正式なもんじゃなく、碧のオトモダチってことで呼ばれてきただけだから。でも夕方からは雑用やらなきゃなんだって」

佐藤はやれやれといった口調でそうこぼし、朱斗はため息も出なくなった。どういう運営システムか知らないが、まともなアルバイトを雇おうともせず、イベント出演者の友人をボランティア扱いするなどと、その時点でお察しだ。

「ていうか、そんなんでよう、何日もイベント開催できとるなあ」

「碧のとこのスタッフが初日からはいってて、客に迷惑がかからない程度の実務はまわしてるらしい。あと最初はもうすこし、ふつうのバイトスタッフもいたって」

それでも日に日にスタッフは減っていき、佐藤と朱斗が到着したこの日はもう、雑用のできる人員がほぼいない、という状態だったのだそうだ。

「……まじめに事故とか起こしそうで怖いわ」

「だから、早めにどうにかしちゃおうってことなんだよ」

とにかくよろしく、と背中をたたかれ、朱斗は肩をすくめることで返事に代えた。

(この分やと、けっこう簡単にボロ出しそうやなあ)

黙々とゴミを拾っていれば、目のまえで食べ終えた焼きそばの容器を砂浜に捨てる水着の男がいた。半眼になりつつトングで拾って袋にいれると「ちょっ、きたねえな」と顔をしかめてわざとらしく身体《からだ》をよじる。むっとした朱斗が顔をあげるより早く、連れらしい男がその相手の頭をひっぱたいた。

「きたねえじゃねえよ、てめーが散らかしたんだろが！　……すんません。失礼しました。おれ片づけるッス」

「あ、いえ……こっちでやっとくんで」

男ふたり、見た目はどちらも似たり寄ったりのチャラさだったが、こちらはまともな感覚を持っているらしい。すこしだけ溜飲《りゅういん》をさげた朱斗は、謝罪する彼に会釈したのち佐藤を振り返る。

「そういえばこのゴミ、どこにまとめればええ？　袋、いっぱいになったんやけど」

「あそこの裏口のなかに、一応ゴミ捨て場作ってある」

了解、とうなずいた朱斗は、満杯になったゴミ袋を持って、スタッフスペースになっている裏口へと向かった。

内部はむっとした熱気がこもっており、外にいるよりも鈍い音で演奏中の音楽が聞こえる。ずむずむと重低音のリズムが壁を震わせているようだが、砂地が音を吸いこむせいなのか、通常のライブハウスなどとすこし響きが違って聞こえた。

プレハブ式の簡易建物とは思えないほど建物としてもしっかりした感じで、収容人数もかなりのものだ。サッシドアの通用口からなかにはいると、細長い通路のようなバックステージに直結している。ライブ用の空間と音響機材の設置場所を広く取るためか、裏方部分はかなり狭い。

（……にしても、汚いな）

黒っぽい塗装のされた断熱材と防音材が貼られた壁は、むき出しの木材で支えられていて、砂の上にシートとベニヤを敷いただけの床に高低差はない。さまざまな機材やコンテナ類にくわえ、スタッフの荷物などが適当に転がっていた。しかも床に置かれたバッグの口が開きっぱなしで着替えがはみ出していたり、飲みさしのペットボトルから零《こぼ》れたドリンクで床が濡《ぬ》れていたりと、ひどい状態だ。

建設作業中など、どうしても散らかる状況であればいざ知らず、すでに運営中の裏側がこうまで汚いというのは、つまり管理も相当ゆるいということだ。貴重品などは、ちゃんと管理しているのだろうかと不安になる。

（さっきも、禁止されてるアルコール、ちょっとビニールシートかぶせただけやったしな）

根本的に、隠す気すらないということか。いずれにせよだらしなさすぎる。あきれつつ、どこがゴミ捨て場かわからなくなるような状態の細長い空間をうろついたのち、どうにかヒモとポールで四角く囲われた一角を見つけた。

そこも案の定散らかっており、壁板に貼られたチラシ裏に『ゴミはこちら』とある。可燃、不燃でわけるよう指示するその文字が佐藤のものだと気づいて、顔をしかめる。

（もしかして、さとーくん来るまでゴミ捨て場すら作ってなくて、この有様だったり……？）

集めたゴミの処理についても、ちゃんと現地の許可をとるなり、始末のため持ちだすなりの、対処はしているのだろうか。不安しかないなあ、と思いつつ、区切ったスペースや袋の口からはみ出ているゴミを掃除していると、突然背後から声をかけられた。

「……おまえなにやってんの？」

「うおびっくりした！」

飛びあがった朱斗が振り返ると、さきほどまで怠惰《たいだ》に日光浴など満喫していた男が、毎度ながらの不機嫌そうな顔で立っていた。

「なにて、見たらわかるやろ。ゴミ掃除」

「はあ？　なんで、んなことやってんだよ」

あきれた、という声を出されてむっとなる。目のまえでうろうろしていたのを見ていなかったのかと口にしかけて、そういえば寝不足、と佐藤が言っていたのを思いだした。

（てことは、あれ本気で寝とったんかい……）

こちらを無視していたわけではないと知って、すこしだけイライラはおさまる。

「なんでもクソもあるかいな。到着するなり『やっといて』言われてんもん。さとーくんとふたり、さっきまで頑張っとったんやで」

「へー。そうなんだ？」

「そうなんだもクソも、おまえが今回の件でっ……!?」

言いかけた唇が、なにかでふさがれた。というよりも、いきなりキスで黙らされた。驚いて口を開けた拍子に舌までいれられ、一瞬パニックになる。

（こんなとこでなに考えとんじゃー！）

いまはひとがいないとはいえ、誰が通ってもおかしくない場所だ。はだけたパーカー一枚を羽織っただけの胸元をどかどか殴ってやめさせようとするけれど、逆にその手を掴まれて壁に押しつけられる。簡易式のそれは碧の力にたわみ、ますますひやっとした。

「んんん……！」

碧のキスは相変わらず巧みで、背筋をあまったるいものが走っていく。こんな状況なのに、と混乱しつつ、それでもこの男にしつけられた身体は飢えたように彼の唾液《だえき》を貪《むさぼ》ろうとする。

あまい接触はひさしぶりだったが、それ以上にいまは焦りが勝った。

（あほか、うっかり感じてどうするっ……）

自分を内心で叱咤《しった》し、もがいたせいで、かぶっていた帽子が床に落ちた。こめかみを汗が伝い、それに気づいた碧がようやく、唇を離す。

「……誰が聞くかわかんねーとこで、ボロだそうとすんじゃねえよ」

耳を嚙《か》むふりで、碧がささやいてくる。ほかに止めようはいくらもあるだろう、と朱斗は真っ赤な顔でにらみつけたが、そんなものが通じる男ではない。

「この奥にストッカーとスタッフの休憩所あるから、あとでライブはじまる前と、最中に写真撮っておけ」

「なにえらそうに命令してんねん。手ぇ離せや」

ひとがくるだろう、ともがけば思ったよりあっさりと身体が離れた。朱斗はそっぽを向き、いつの間にかたくしあげられていたシャツの裾を引っ張ってなおす。

「さとーくんから段取りは聞いてるし、やることはやる」

他人に聞こえることを意識して、端的な言葉で答えた。

「ちゅうか、ひとにもの頼むなら、さとーくん介してとかややこしいことせんで、まずちゃんと本人に頭さげろや。現場来るまで『仕事』あるとか、おれ知らんかったぞ」

きっと朱斗が睨《にら》めば、なぜか彼は目をまるくしたあと、「へえ」と意地悪く口の端をあげる。

「おまえ、なんかかわいくなくなったね」

「いつまでもオドオドしとるわけないやろ。何年のつきあいや思ってんの」

佐藤も含め、いま目のまえにいる尊大な男とは、朱斗が中学生のときに関西から都内へと転校して以来の仲だ。友人ながらいじめっ子といじめられっ子のような変な関係を保ち、それでもずっと片思いしていた碧と恋人同士になったのは二十歳《はたち》ごろ。

一応は正式につきあうようになってからも何年も経《た》つけれど、碧の横暴さは年々ひどくなるし、それに抵抗する朱斗もまた、大人になって気も強くなった。なにか言われては傷ついたり怯《おび》えたりしていた思春期を、いつまでも引きずるほどばかではない。というより、そうならなければこの碧とつきあいきれるわけもない。

「親しき仲にも礼儀ありって言葉を知れや、碧」

「そういえば、おまえとおれで、礼儀とか必要っていう意識がなかったな」

「じゃあいまからでええから、覚えろや。そんで、そっちはそっちで仕事してクダサーイ」

新しいゴミ袋をストックから引っ張りだしながら、つっけんどんに言う。たぶんここだけ整理されているのも、佐藤がやったことだろう。

帽子を拾って砂を払い、ふたたびゴミ拾いに戻ろうと足を踏みだした朱斗の腕が、背後から掴まれる。

「まだなにかあん――」

ふたたびの不意打ちのキスに、いいかげんにしろと目をつり上げて歯を食いしばったが、碧が唇だけを動かしてささやいた、声のない声に驚く。

「みど――」

問いかけようとしたとき、奥から「弓削さーん」と彼を呼ぶ声がした。「いまいく」とよくとおる声で返し、碧はにやりと笑った。

「じゃーな。『作業』がんばれよ」

歪《ゆが》んだ帽子をたたくように直して、彼は奥へと戻っていく。その後ろ姿をぽかんと見送りながら、朱斗はちいさくつぶやいた。

「……あいついま、『ごめん、頼む』て……言うた？」

長いつきあいだが、ろくに聞いたことのない言葉だ。いやろくに、どころではない。碧が謝罪し、なおかつ頼んでくるなど、すくなくとも朱斗相手には一度もなかった気がする。

それだけ、今回の件は面倒だということなのだろう。本人にのみ被害が及ぶような事態であれば、碧はおそらく力尽くででもなんとかする。しかし、微妙な大人の事情が絡み、そのやり玉にあがるのが母親である可能性があることで、こんな搦《から》め手《て》を使うしかなくなった。

「わりーと、深刻ってことかな」

ふっとため息をつき、朱斗は肩を上下させる。いささか荷が重く感じる部分もなくはないが、それでも、自分は自分のできることをやるだけだ、と内心言い聞かせる。

画廊に勤めて数年、ひととのつながりも広がり、いろんなものを見聞きした。その上で、本当になにもできない自分を悟ったうえでの、朱斗なりのやりかた。

――『誠実に、自分の頼まれた範囲のことを、できる限りやる』。

背伸びも高望みもしない。ただそうして精一杯つとめる以外、できない自分を『知っている』。

そのうえで、誰かが自分に頼みを持ちこんだなら、それを成せると見込まれたという意識を持つ。そうすれば、無駄な劣等感や不安に振りまわされて、失敗することもすくなくなる。

（無理はせん。けど努力はする）

いつもどおり、とうなずいて、朱斗は裏口のドアを開ける。じっとりした熱気は変わらないけれど、それでも潮風が肌を撫《な》でて、すこしだけの清涼感を味わった。

＊　＊　＊

日中、朱斗は佐藤とともに目につく限りのゴミ拾いをした。夕方近くになってからは、昼の部からのセッティング変更でごった返す裏方の手伝いを言いつかる。

ライブ会場だったスペースは、演奏用に組まれたステージ以外の床面は砂場のままであるため、踊り狂った客たちのおかげで荒れた砂地をならし、その後は散らかったドリンクのコップやなにかを片づけるなど、けっきょくは大量に出たゴミ類の始末がメインだった。

「もんのすっごい、いまさらの疑問なんやけど、こういう作業ってふつう、学生のアルバイトとかがやるもんちゃうの？」

「……それがいないから、おれらがやってるんじゃないか？　理由はまあ、お察しだろ」

せやな、と朱斗は本日何度目かわからないため息をついた。まともに指示するリーダーもなく、

「あれやっとけ」と顎をしゃくられるだけ。本業が本業のため催事の設営を任されることもある朱斗と、同じく役所のイベントごとで裏方慣れしている佐藤だから動けているが、指示待ちの学生アルバイトではなにをどうすればいいかわかりはしないだろう。

「ちなみに労働の対価ってどうなっとるん?」

「碧がゲストで呼ばれて、あそこの会社が一手に受けた形になってるから、まあ……あいつから御礼が出ればマシかもね」

それについても、内部調査のために引き受けた経緯がある以上、まともな謝礼が出るか怪しいという話を聞かされ「ブラックきわまっとるわ……」と朱斗は肩を落とした。

「あいつせめて、自分とこのスタッフさんにはちゃんとバイト代払えよなあ」

「……朱斗はいいのか?」

「もう慣れた。ちゅーか、それ言うたらさとーくんかてそうやろ」

正直、公務員である彼のほうがこの手の『仕事』を請け負うリスクはおおきい。「ボランティアだ」と口にしていたのもそういうことで、よしんば碧が礼をすると言っても、金銭的なものであれば受け取る気は最初からないのだろう。

「ほんま、なんでさとーくんは碧にそこまであまいん?」

「あまいかなあ?」

「あまいっちゅうねん。そっちかて、せっかくの夏休みやっちゅのにこんなん」

「でもおれ楽しいんだよね」

いったいなにが、と目をまるくする朱斗に「うーんと」と佐藤は首をかしげた。

「なんていうのかなあ、ふつうなら見れないものも見れるっていうか。ちょっと今回も探偵みたいでわくわくもしてるし。そもそも、こういうステージの裏側的なものって、見る機会そうはないしさ」

「そらそうやろけど……」

「言っておくけど、そりゃ朱斗も一緒だからな？　おまえもけっこう、おれにとっちゃ非日常な感じよ」

「へあ？　どこが!?」

こちらに向いた矛先に、唖然《あぜん》とする。学生時代のように、取り柄もなければ平々凡々、なにひとつ目立つところのない自分に対するコンプレックスまみれ——という情けない状態からは脱したけれど、それでも一般的に見て、そう変わったところはない人間だと朱斗は思っていた。

「おまえ、しれっとつきあってるけど、御崎さんだの秀島《ひでしま》さんだのって、それこそ一般人はあんまり知り合える人種じゃねえよ？」

「いや、それ、もとはといえば碧にパーティーつれてかれて、ほっぽらかされてたおれが可哀想《かわいそう》やって、秀島さんがかまってくれはっただけやし」

秀島慈英《じえい》。日本でも有数の気鋭の画家として有名な彼と偶然知りあったことから、朱斗の人生は変わったとも言える。朱斗の現在の職場である御崎画廊の経営者、御崎を紹介してくれたのも慈英であったし、そもそも件《くだん》のパーティーで彼を一方的に苦手とする碧が、慈英と話していた朱斗に激怒したことで、腐れ縁のようだった関係性が劇的に変化したのだ。

いまだに碧は朱斗が慈英と仲よくすることを不快に思っているようだけれど――。

「でもそのあと気にいられたのはおまえだろ。いまだに碧、秀島さんについては苦手みたいで、あのひとの名前聞くだけで機嫌悪くなりまくるのに」

「おれの交友関係には口出させんわ。どうこう言われるスジアイない」

ふん、と鼻息荒く言い切れば、佐藤は肩を揺らして笑った。

「だからさあ、それが非日常。ほんと、何年経ってもだよな、おまえら」

「なにがよ」

「おれの知ってる限り、碧のシンパにもならず、敵にもならず、ただ懐《ふところ》にはいりこんだまんまでいるのって、朱斗だけだわ。ほんと」

それがおもしろい、とくすくす笑う佐藤こそ、いま言った言葉そのままの人物だと朱斗は思う。だが彼はどこか、自分は傍観者でいることを愉《たの》しんでいるようで、たまにそれが気になった。

「……さとーくんはそろそろ、自分の物語の主役になってもええと思うよ？」

「うーん。おれたぶん脇役ポジでいるのが好きなんだよねえ」

すこしの心配をこめた芝居がかった台詞《せりふ》は、あっさりとした言葉で躱《かわ》される。本当のところ、自分の知り合いのなかで一番『食えない』のは佐藤だと朱斗は思っているのだが、本人にその自覚はないままだ。

中学からずっと変わらない、穏やかで気のいい友人。苛烈《かれつ》な人格をした人間が周囲に多く居る朱斗にとって、オアシスのような存在であるけれど、それでもたまには、佐藤がなにか自分のために、熱を持って動く姿が見てみたいなあ、と思う。

(けどこのひと、実際んとこようわからんのよな……)

たとえば恋人ができたり、なんらかのおおきな出来事があっても、この、のほほんとした風情《ふぜい》が変わることなどあるのだろうか。想像ができない、と朱斗は意味もなくかぶりを振った。

「……まあ、ええわ。んで、そろそろやないの?」

「だねえ、ドリンク搬入はすんでるみたいだし」

ライブスペースに併設された簡易式のドリンクバー。ブロックを組みあげ、カウンターのような仕切りを作った狭い空間に、コンテナを運びこむ人間がちょろちょろと動いている。

「いまチェックせんでいいの?」

「客に提供してる場面が大事だからね。もうちょい待とう」

了解、とうなずいたとたん、カウンターのなかにいた人間から横柄《おうへい》な指示が飛ぶ。

「――そこの雑用! さっさとこっち来て手伝えよ!」

青筋を立てた朱斗と違い、にっこり笑った佐藤が「はーい、いまいきまーす」とよくとおる低音で答える。

「平常心、平常心」

ほとんど唇を動かさないままそう言った佐藤に軽く脇を小突かれて、「わかってますぅ……」とうなった朱斗は、ひきつった笑みを浮かべながらカウンターの方へと近づいていった。

＊　＊　＊

爆音でのライブは、おおいに盛りあがっていた。

プレハブ仕立てながらステージセッティングはかなりのもので、素の状態ではただのキューブがいくつも重なったような背景セットが、音に合わせて変化するプロジェクションマッピングなどの演出により、カラフルで複雑なＳＦ的空間を作りだす。

舞台袖から熱狂する場内を覗《のぞ》いていた朱斗も、素直に感心させられた。

(これ全部、碧の演出で、デザインなんか……)

ステージに立つエレクトロロック系のバンドは、機械に打ちこんだ音も使うけれど、ボーカルやギターなど生演奏の部分ももちろんある。アドリブ演奏のパートもあるらしいのだが、映像側も即興の音楽にあわせて画面を変化させたりするらしい。

詳しいことはちんぷんかんぷんだし、碧に言わせれば「学生だって機材があればできる」とのことだが、門外漢からすればやっぱりすごい技術だと朱斗は思う。

ただ――本来裏方のはずの碧が、ステージに立っているのはなんでだろうか、とも思う。

ステージのセンターに組まれたセットのなか、大量の機材に囲まれた碧はリズムに乗りながら踊るように指先を滑らせ、映像を切り替えていく。隣にいる、これも機材のセットされた卓をかまえたマニュピレーターと掛け合いのようなパフォーマンスをしたりと、もうすっかりバンドの一員といった雰囲気だ。

客たちも音楽にあわせ、足下《あしもと》の不安定な砂場で踊り狂っている。きゃあきゃあとうるさい歓声のなかには「ミドリーッ！」と彼の名を叫ぶものも少なくない。

「メインの演者より派手やないの、あれ……」

舞台袖から覗いた朱斗が唖然としてつぶやけば、「朱斗、碧がライブの仕事してんの見たことないんだっけ？」と佐藤が笑う。

「いちいち教えられもせんし、こういうのは知らんかった」

「あー……まあ、照れくさいのかもね。あいつけっこうシャイなとこあるし」

「……なんかいま、ものすごく似合わん単語聞いた気が」

佐藤の発言に無意味に目をしばたたかせていると、背後から「おい！」と怒鳴り声がした。

「なにやってんだよ、仕事しろよ！　ドリンク補充足りてねえぞ！」

無駄に威圧的な声は、不愉快さ以外なにもない。だが朱斗はあえて笑顔を作ると、朗《ほが》らかな声で答えた。

「はーい、いまやりまーす」

「早くしろよ、ボケ」

舌打ちした男はスタッフパスを首からさげていたが、緑のカラーで裏方のリーダーだと知れた。しかしその手にはなんの荷物もなく、どころか狭い通路を煙草《たばこ》片手にうろうろしているだけ。

「すんませーん、ドリンクの補充てなにがいるんですかぁ？」

「んなもんてめぇで確認しろよ！　あと入り口で配ってたサービス品も足しとけ！」

問いかければ、がなった男は足早にその場をあとにする。さすがにこの内部で喫煙するほどばかではなかったようだが、それにしても……とあきれた。

「指示だしもせんと、言いつけるだけかいな。どういうリーダーやねん」

「まあまあ。一応おれらはヒラスタッフだから、あっちが上ってのは事実だし」

「……短期の契約交わした覚えもなければ、作業の指示もろくにされんで、ロハでこき使われるスタッフな？」

「それもこれも目的のためでございますれば」

わざとらしい丁寧語でぽんぽんと肩をたたいてきた佐藤に、朱斗は苦笑しながらうなずく。イベントのためいろんな人間が出入りしているとはいえ、誰がどこの配置なのか把握しておらず、まともな指示が出されてもいないこの状況は、むしろ運営側の落ち度を報告するのに格好のネタだと言える。

「さて。ドリンクのストック、コンテナはもうなかに運びこんであるはずよな？」

「そうそう。……っと、そのまえになにが足りないか確認してこなきゃな。サービス品っていってたっけ？」

ライブ客たちには入り口での入場確認時、サービスのキャンディがはいった小袋と、ドリンクと引き替えのコインが渡される。

「もうライブはじまっとんのに、いま補充してどないせえっちゅうのな」

指示のめちゃくちゃさに、もうため息も出ない。死んだ魚の目を見交わし、朱斗と佐藤は「はははは」と乾いた笑い声を発した。

「そんじゃさとーくん、確認頼むわ。おれ、運ぶ準備しとく」

「了解、すぐ行く」

いったん佐藤と別れた朱斗は、搬入口から右手に折れ、さきほどまでいたゴミ捨て場と逆サイドに位置するほうへ進んだ。

この簡易ライブハウスの造りはシンプルで、中心部にライブステージとフロアの空間、正面入り口を除いた三方を囲むように、音響機材などを設置するスペースを確保、さらにその周囲にバックステージや通路という、三重構造だ。そのためスタッフが行き来するのはもともと細長いスペースをパーティションなどで区切り、そこかしこに機材やコンテナの荷物が積まれた状態の通路であるため、視界はあまりよろしくない。

「あったあった……しっかし、ここもきちゃないな」

コの字型になった通路の中央付近に、業務用のおおきなクーラーボックスがいくつも積まれていた。その隣には無造作に口を開けられた、これも業務用のキャンディの大袋が、小分け用のビニール袋とともにごちゃごちゃと段ボールに突っこまれている。

あとでここも整理しよう、と思いつつ、朱斗が横一メートル、高さ五十センチほどのクーラーボックスを開けると、昼間見かけたビールの缶が、ジュースやノンアルコールカクテルと氷水とともにみっしり詰まっている。

「案の定やね……」

妙な半笑いで中身を確認したのち、さっと周囲を見回した朱斗は尻ポケットに入れておいたスマホのカメラで素早く撮影する。背後では振動すら感じる大音量の音楽が流れているというのに、撮影音が妙におおきく響く気がしてひやひやしていると、「ふざけんなコラ!」というわめき声が聞こえてびくっとなった。

「な、なんや……?」

驚いて声のした方へ顔を向けると、通路の行き止まり付近、ライブ会場へつながる緊急出入口から、誰かが引っ張りだされてきたのが見えた。ひげ面《づら》にタトゥーの男と、スキンヘッドの男。いずれも顔を真っ赤にしているのは興奮かアルコールか……と思っていれば、暴れた片方の拳《こぶし》がもう片方の頬《ほお》にめりこむ。

(げっ。あれ、血か！)

かなり激しく殴りあう男たちをどうにか外に出そうと、警備スタッフらしい面々が四人がかりで押さえにかかっている。よく見ると、その乱闘を鎮めようとする顔ぶれのなかには佐藤もいた。

「これ以上暴れるなら警察呼びますよ！」

「呼べよコラ！　離せっこの野郎！」

ぎゃあぎゃあとわめき、腕を振りまわす男たちに顔をしかめたまま、一団はもつれあうように朱斗の視界から消える。

「えらいことになっとんなあ」

朱斗は男たちが裏口のほうへと引っ張られていく姿を見送ったのち、とにかくドリンクの補充をせねばとボックスに視線を戻した。しかし佐藤が戻ってくるまで必要なものがわからない。

また運びこむにしても、巨大ボックスごと移動させるわけにもいかず、適当なトレイか空き箱でもないかと、探しに向かった。

「こんだけごちゃごちゃしとんのに、必要なもんがないって、まったく……」

ドリンクを移動させるための道具が見当たらず、いっそゴミ袋に詰めて運べばいいだろうかと思い当たるが、それらの置いてあるゴミ捨て場は逆サイドの方面、つまり。

「場所、真反対やんけ……くっそめんどくさい」

まっすぐ突っ切るにはライブフロアを横切るしかなくなる。さきほど男が引きずりだされてきた緊急用の出入り口はあるが、さすがにさっきのいまだ。面倒だが、順路の通り行くしかない。朱斗はあきらめまじりのため息をつき、いまきた道を引き返した。

これがＲＰＧのゲームであれば、ショートカットのコマンドで瞬間移動できるのに——などと、くだらないことを思いつつ、ごちゃごちゃした空間を歩く。ざっと目に映るだけでも、まともに働いている人間とそうでない面々の差がひどい。すれ違いざま、ぺこりと頭をさげてきた相手は穏やかそうな顔つきをしていて、朱斗はふと問いかけてみた。

「えっと。ドリンクの補充て、なにが入り用かわかります？」

「ああ、お疲れさまです。ちょっと待ってくださいね」

にこっと微笑《ほほえ》んだ青年は、耳に手をあてて「そっちなにがいるかわかる？」と問いかけている。見ればインカムをつけていて、そんな道具があったのか！　と朱斗は目を剝いた。

「これ、必要数メモしましたから、カウンターに届けてもらっていいですか」

「あ、はい……ていうかインカム、あったんですね」

そんなものがあるなら最初から人数分用意してくれればいいものを。目をしばたたかせた朱斗に、彼は素早く周囲を見回すと、こっそり耳打ちしてきた。

「これ、弓削さんの方で準備されたやつで、おれたちしかつけてません。あんまりにも手際がアレなんで、自分らで勝手に……」

「あー……なるほど」

そういえば碧のところのスタッフも紛れこんでいると言っていた。そういえば見覚えがある顔のような、と暗がりで目をこらせば、相手はまたにこりと笑う。

「志水さんですよね？　一度事務所のまえでお会いしたことあります、奥田《おくだ》です。『あっち』のほうは、よろしくおねがいします」

奥田と名乗った青年は「段取り最悪だと思いますけど、作業のほうも頑張ってください」と苦笑いしたのち、軽く会釈して去っていった。朱斗はその姿を見送り、やれやれと首を振った。

「インカム持参て……実質まわしてんの、ほんまに碧んとこのひとらばっかりなんやな」

要するに指示伝達をスムーズにする最低限のことすらやっていなかった、ということだ。部外者の朱斗からしても、本当に不安しかない運営体制だ。むしろ、初日からここまでおおきな事故もなく続けてこられた方が奇跡だ。

げんなりしつつ、ともあれいまは奥田に言われたとおり『作業』のほうをやっつけねばならないと朱斗は足早に目的地へ向かう。昼間見たときもそうだったが、とにかくごちゃごちゃとモノが多いため歩くのも一苦労だ。

（余裕あったら、あとでここも片づけたいなあ）

転んで怪我《けが》する人間も出そうだ。自分も気をつけねば――と段ボールをまたいだところで、さきほど酔っ払いが引きずりだされたのとは反対側に位置する、緊急用通路のドアが開いた。

（今度はなんや？）

見れば、スタッフパスをつけた男がふらふらする女の子を連れている。気分が悪くなった客だろうか、と眺めていれば、どうも様子がおかしい。

「……だ……やめて……」

「いいからさ、こっちおいでって」

不穏な声が聞こえ、朱斗はとっさに積みあがった機材の陰に身を隠した。幸い、非常口付近のふたり連れは非常灯のおかげで丸見えだが、ここの通路はろくな灯《あか》りもない。

「ちょっ……はな、して、……や、どこ、いくの？」

「だーいじょうぶ、だいじょうぶ」

「やだあ……」

女の子は泣き声をあげて抵抗しているのだが、手足にちからがはいらないらしい。口調もいさかろれつがまわっておらず、にやつくスタッフの表情があまりに下卑《げび》ていて、朱斗はざっと血の気《け》が引くのを感じた。

（ちょおおお、警備スタッフなにしてんねんっ……て、酔っ払いの喧嘩《けんか》始末にいったんやった！）

荒事担当はおらず、佐藤もいない。いま危険な目に遭っている女の子をまえに、助けられそうなのは朱斗ひとり。どうしよう、とうろたえたのは一瞬、ポケットにいれておいたスマホを取りだし、履歴からある番号を呼びだした状態で、わざとらしい大声で会話するふりをしながら物陰から飛びだした。

「えええええ、マジでぇ!?　ドリンク足りてないっていま言われても、おれひとりやしぃ……誰かちょっと手伝ってくれるひと……あっ、いました、いました！　ちょっとそこのひと！」

おおげさにきょろきょろしながら、女の子を連れだそうとする男に向かって小走りに近づく。

ぎょっとした相手のうしろで、女の子のすがるような目が朱斗を見た。

「すんません、ちょぉ荷物運ぶん手伝ってもらえます？　手ぇ足りてへんて。この奥にゴミ袋ありますし、それに詰める作業したいんですわ」

「は？　なんだよ、そんなんおれの担当じゃねえし」

「いま担当とか言うてる場合ちゃうでしょ、おれかてドリンク担当ちゃいますし。……って、あれえ？　そちらさん、ご気分でも悪いんですか、だいじょうぶです？」

さも、いま気づいたとばかりに目を見開き、女の子の顔を確認する。頬は紅潮しているのに、どこか青ざめて見える彼女は、「たす……けて」とうまくまわらない口をもどかしそうに動かした。朱斗は彼女にまばたきだけでうなずいてみせる。

「救護班呼びましょか。それとも、もう救急車がええかな？」

「よけいなことしてんじゃねえよ！」

どん、と肩に衝撃を受け、背後の機材ラックにぶつかる。背中の痛みに思わずうめくと、相手の男は「おまえもさっさと来い！」と怒鳴って女の子の腕を乱暴に引っ張った。

「ちょっと……やめましょうよ、よけいその子具合悪なるでしょ」

ぶつけた痛みに咳《せ》きこみつつ、朱斗は男の腕を引っ張る。「うるせえ！」とその手を振り払われ、爪《つめ》の先でこめかみをひっかかれた。

「てめえさっきからなんなんだよ、カランでんじゃねえよ！　ぶっ殺すぞ！」

男は腕を振りまわし、女の子は悲鳴のような泣き声をあげる。誰か、さきほどのスタッフでもいいからこの声が聞こえてくれないかと願うけれど、運の悪いことにこの一帯を通りかかる人影はない。

（ヤバイなー、これ）

さきほどかけたのは佐藤の着信履歴だ。ラックに突き飛ばされた際、スマホは床に落ちてしまったため、無事に通じたかどうか定かではない。どうかこの会話が聞こえていてくれ、と思いながら、こうなれば殴りあいになってでも止めるしかないかと朱斗は覚悟を決めた。

その時だった。

「なんなんだよ、はこっちのセリフだ、クソが」

「……へ」

いまにも朱斗を殴ろうと拳を振りあげていた男が、横に吹っ飛ぶ。一体なにが、と目をしばたたかせていれば、男を殴り飛ばした碧がその凶器となった二リットルのペットボトルを手に立っていた。首からタオルをさげた彼はステージ衣装のまま、まだわずかに息を切らしている。

「え、あれ、なんで」

「なんでじゃねえよ、休憩はいったところで妙な電話よこしたのそっちだろ」

「えええ、おれさとーくんにかけたつもりやったけど……」

慌ててタップしたせいで、指がずれたのだろうか。まいったなあ、とぼやきながら立ちあがれば、「なにが、まいったなあ、だ」と冷たい目で睨まれた。

「てめえが騒ぎにしてどうすんだよ、ばか」

「おれのせいちゃうわ！　ていうかそんなんどうでもええねん、彼女助けちゃらんと！」

慌てて周囲を見ると、がたがた震えながら床にうずくまっている女の子がいた。駆け寄ろうとしたところで「おまえは顔拭け」と吐き捨てた碧から、肩にかけていたタオルを顔面に押しつけられ、朱斗は「うぶっ」と情けない声をあげた。

「大丈夫かよ。立てるか？」

「……うう……はい……」

その間に、碧は王子様よろしく彼女へと手をさしのべ、泣きじゃくっていた女の子は顔をあげるなりぱあっと目を輝かせる。

（ちょっと、それはないやろ……）

手柄はぜんぶあいつがかっさらうのか。そんな気分でジト目になった朱斗のもとに、「だいじょうぶか！」と耳慣れた声がした。見れば慌てた様子で駆けこんでくる佐藤と、その背後にはさきほどの奥田もいる。

「おー、さとーくん」

「げっ、朱斗なんだよその血！」

「奥田、この子救護室連れてって。あと佐藤、こいつ確保しといて」

「わかりました」

「了解」

碧の腕にすがるようにして立ちあがった女の子を、奥田が引き取る。くるりと振り返った碧は「おまえは？」といつもの冷ややかな声で問いかけてきた。

「ちょい引っかかれただけやし、いらん」

「あっそ」

じゃあ戻る、と言い捨てて、本当にその場を去る碧にあきれつつ、頭を殴られてうめいていた男の腕を取った佐藤が、手に持っていた荷物紐《ひも》で軽く縛りあげた。

「……そこまでするん？」

「緊急措置的にね。会話聞いてたけど、キレかたおかしすぎ。たぶん、なんかやってる」

「なんかって……ああ」

自分のスマホを拾うついでに、うめくばかりの男の横に落ちていた小袋を見つけ、朱斗は納得する。

「なあこれ、入り口で配ってたサービス品の袋と、色が違《ちゃ》うよ、さとーくん」

開けてみれば中身は飴だけではなく、なにかの錠剤も一緒にはいっている。パウチシートの裏側には薬品名が書かれており、スマホでネット検索をかけたところ、市販の睡眠導入剤だった。言うまでもなくアルコール類とあわせて飲むのは厳禁。

「……アルコール禁止の決まりを守ってない、ってだけじゃないな、これ」

「ちゅうか、こないだ起きた事件の女の子、これにやられたんやろ」

そして自身はおそらく、もっといけないオクスリを飲んでいる可能性が高い。うつろな目をした男を見下ろし、はあ、とため息をついていれば、隣からまじまじと見られているのに気づいた。

「どないしたん？　さとーくん」

「……いや、意外。朱斗、こういう場面でもっと慌てるかと思ったけど、色々冷静で」

「誰と何年のつきあいがあると思ってんねん。たいがい、いろんな目にも遭《お》うたし、神経太くもなるわ」

しらっと言ってのければ、佐藤は苦笑したのち「正直、見くびってました。ごめん」とわざとらしく頭をさげる。「顔に出やすい」と内情を知らされなかったことへの意趣返しもすんで、朱斗はちょっとだけ溜飲をさげる。

だがそこでふと、「あれ」と首をかしげた。

「会話聞いてた、て、なんで？　おれ間違うて碧にかけたんちゃうの？」

「ん？　いや、おれにかかってきたよ。でも、そのとき外で酔っ払いを警察に引き渡してたから、碧にスカイプした。あいつライブ中だったけど、自分のPC持ちこんで、会場から奥田くんとかに指示出してたし、気づけば対処するだろうと思って」

それにしても速かったなあ、と感心するように佐藤は言ったが、問題はそこじゃないだろう、と朱斗は目を瞠《みは》った。

「はー!?　ステージでパフォーマンスしながら、スカイプで指示出しぃ!?　そんなんできるん!?　ちゅーか、ナニモンなん、あいつ!?」

「だから、碧だろ？」

なにかおかしいか、とけろりと言う佐藤も充分おかしい気がしたけれど、それこそいまさらの話だ。

「いや、うん……『誰と何年のつきあいが』は、さとーくんが使うべき言葉やったわ……」

「あっはっは」

さわやかに笑う佐藤に毒気を抜かれ、がっくりと肩を落とした朱斗の耳に「こちらです」と誰かを先導する奥田の声が聞こえてくる。視線を送ると、制服を着た警官が走ってくるのが見えた。

「……ちょっと待って、そういえばさっき、警察に引き渡したて……穏便に裏で片づけるんやなかったん？」

「いやもう、ここまでくると無理だって。さっきの酔っ払いも言ってること支離滅裂だったしね。

そんなわけで碧が『依頼主』と連絡とって、すっぱり公権力にお任せすることに決めたらしい。

「それも、ライブ中にやったん……？」

「そこ確認する必要ある？」

ないです、とかぶりを振った朱斗は無駄に疲れた一日だった……と、遠い目になった。

＊　＊　＊

騒ぎがおおきくなりすぎるからということで、警察側はライブパフォーマンスが終わるまで踏みこむのを待った。いずれにせよ出入り口は限られているし、そこを固めれば逃げ場はない。客とスタッフは全員調べられ、『色違いの小袋』を持っていた者はもちろん、持ち物検査で『怪しげなクスリ』が発見された人間は、さらなる協力を余儀なくされた。

朱斗らも、案の定違法薬物を摂取していた男を現行犯逮捕した状況のため、いろいろと聞き取りをされ、解放されるころには深夜というにも深すぎる時刻になっていた。

「後日また、なんかあったら確認させてくれて……まだ話さんとあかんのか……」

「さすがに疲れたなあ」

よろよろしながら佐藤とふたり警察署を出ると、向かいの道路では佐藤の車であるジープによりかかった碧が立っていた。

「おう佐藤、お疲れ」

「ほんっと疲れた」

ぺしん、と力ないハイタッチをするふたりに「ちょお、おれもちょっとはねぎらえや、アホ！」とわめけば、「おまえもお疲れ」といかにもとってつけたように頭に手を載せられる。その手を払い落とし、なおも噛みつこうとした朱斗のまえに、ぬっとペットボトルが差しだされた。

「なんやこれ」

「ねぎらい」

「……こんだけえらいことに巻きこんでくれて、ジュース一本か……」

「いらねーならやらねえ」

「いるわ！　ノドからっからやっちゅうの！」

ひったくるようにして流しこむ。スポーツ飲料のほのかな甘みが全身に染み渡るようだ。

「カタ、ついたんか。契約がどーのって」

「ついたついた。奥田が逐一、リアルタイムで状況報告してるの、上同士の話しあいに流してったから」

むしろ切るカードが多すぎて、相手はあっさり白旗をあげたらしい。

「いまごろは、どこの誰をトカゲのしっぽにするか、泥仕合《どろじあい》が繰り広げられてんじゃねえの」

「切られたしっぽの、そのまたしっぽか」

深く知りたくない世界だ。うんざりと首を振った朱斗は、疲れにしょぼついた目で長身のふたりを見あげる。

「なあ、ところで腹減ったんやけど、どっかファミレスとかないんかな」

この騒ぎで夕飯もむろん食べ損ねている。午前中からの肉体労働で、もはや体力はエンプティだと告げれば、碧が「佐藤」と顎をしゃくる。

「はいはい。とりあえずふたりとも乗れば？」

「ちょお、さとーくん、このうえ運転するん!?　だいじょうぶか？」

「はは、平気平気」

大柄な佐藤に似合いのジープは、車高も高い。疲れた身体で乗りこむにはいささかしんどい、と転げるように後部座席にあがりこんだところで、朱斗はつぶれた。

「ついたら起こすから、寝とけ」

「んあー……」

佐藤と碧、どちらに言われたのかすら判別できないほど疲弊した朱斗の意識は、エンジンをかける音がしたところまでで、途切れた。

＊　＊　＊

「朱斗、よだれ。シート汚れる」

「……へあっ？　あっ、ごめっ」

揺り起こされる際の言葉に慌てて顔をあげると、佐藤が笑いながら「気にしなくていいよ」と告げる。

「それよりついたよ、はやく降りな」

「あ、ああ、うん」

後部座席で熟睡しきっていた間に身体が固まったらしく、身を起こすとあちこちが痛かった。よたよたしながら開いたドアから外へ出たとたん、潮の香りとさざ波の音、そしてさわやかな海風が朱斗を包みこむ。

「あ、れ？　ファミレスとかないやん？」

車の停まっているさき、ガードレールの向こう側はすぐに海。隣には広めの庭を塀で囲った瀟洒《しょうしゃ》な建物があるだけだ。

「えっと、ここホテルかレストラン？　つうか、どこ？」

「うちの親の、夏の別荘。で、場所は葉山《はやま》」

「はえ!?」

「ちなみにそこからそこまで、うちの敷地」

ひょいひょい、と長い指で浜辺を指し示す碧に、朱斗は仰天するしかない。あんぐりと口を開けたまま別荘と浜辺を交互にきょろきょろ見ていると「バカ面してんなよ」と碧の指が頬にめりこんできた。

「いだい！　ちゅうかバカ言うなてなんべん言うたらわかるんや、アホ！」

「バカにアホって言われたくないって、それもなんべん言ったら覚えんだよ」

毎度のやりとりにあきれ笑いを漏《も》らした佐藤は、「それじゃおれはここで」と運転席から手を振ってみせる。

「えっ、さとーくんは？　泊まらんの？」

「疲れたから家でゆっくりしたいんだ。んじゃ、朱斗、碧、お疲れ！」

言葉と裏腹、みじんも疲れを感じさせないさわやかな顔で微笑み、佐藤のジープはあっという間に去って行った。

ぽかんとそれを見送ったのち「さっさと来い」と顎をしゃくった碧が歩きだす。慌ててあとを追った朱斗は、そこでもまた、彼曰《いわ》くの『バカ面』を晒《さら》す羽目になった。

「なんやこれ、すっご……」

入り口の門扉から十数メートル歩く広さの庭もすごかったけれど、二階建ての建物は、外観に違《たが》わず内装もすごい。ワンフロアの広々とした空間にメインリビングとダイニングが併設され、入り口から真正面の突き当たりには海が一望できるバルコニールームもある。そのいずれもを飾るのは豪華で品のよい調度品たち。一見、高級なリゾートプチホテルと言っても過言でなかった。

「……なあ、この絨毯《じゅうたん》とおんなじようなん、こないだの催事で見た気がする……」

画廊での仕事のうちで、扱っている絵画を宝飾などの高級品を扱う、総合販売催事に持っていくこともある。いま足下に見えるそれは、さまざまな品が展示されていた絨毯のコーナーにあったものと、どう見ても同じ質のものだ。

「ああ。おまえだいぶ見る目ついたな」

「壁にかけて飾ってあったやつやぞ……踏んでええんか……」

「絨毯は踏むもんだろが」

なに言ってんの、と冷たく吐き捨てた碧がすたすたと歩く大理石の床に敷かれた絨毯は、おそらくだがペルシャ織りと、鍋島緞通《なべしまだんつう》。それらが、だだっ広いリビングで確認できただけでも数点。もちろん、その上に乗っかっているテーブルや椅子《いす》についても、それと見合うだけのものなのだろう。

（……鍋島緞通、和室だけやのうて、こういうシチュエーションにもあうんやなあ）

もはや遠い目で感心している朱斗に、この状況に慣れきった男からの声がかかる。

「なにやってんの。さっさとはいれよ」

「いや、あの、さきに雑巾かなんか貸して……」

さきほどまで走りまわっていたせいで、身体は汗でどろどろ、足下は砂まみれ。さすがにこの状態であがりこむ度胸はない、と青ざめて首を振っていれば「べつにいいってのに」と碧が嘆息する。

「いいことあらへん！　せめて足だけでも洗わせてくれ、頼むから！」

「んじゃー、外に水道あるから、そこで洗ってこい」

こちらはいっさい気にしないまま、奥へと引っこんだ碧がタオルを投げてよこす。これまた高級そうなふかふかタオルで、刺繍《ししゅう》されたブランドロゴはあまりファッションに詳しくない朱斗でも知っているマークだった。

「これで、砂まみれの足、拭けと……」

ちからないつぶやきは「ほかにタオルねえんだよ」の言葉にたたき落とされた。

（いや、もう、なんも考えるのやめよ）

そもそも彼のひとり暮らしの部屋だって、相当な高級品で囲まれていた。セレブの生活もだいぶ見慣れたつもりでいたけれど、いま目のまえに広がる光景は、格が違いすぎる。画廊勤めで、へたに価格を知ってしまったのも、この場合はきつかった。

庭にある水道で足を洗った朱斗は「このまま風呂も貸してくれ」と懇願した。案内されたさきには化粧石と大理石の洗面所、猫脚のついたバスタブという、『見るからに』な高級浴室。そもそも、バスルームがあるこの寝室自体がこれまたホテルの部屋なみにうつくしく広いことにも気が遠くなりかけたが、朱斗はなんとか耐えた。

ルームフレグランスも、ものすごくいいにおいだ。そして別荘。別荘ということは不定期に訪れる場所ということ。なのに、この建物のどこにいっても、手入れが完璧《かんぺき》に行き届いている。

いろいろなことに目をつぶろう、と決めてシャワーを浴びるも、目にはいるものすべてがすごすぎて、思考はついつい下世話なほうに飛んだ。

(維持費いったいいくら……しかも夏の、てことは冬のもあるとか……？　いやいやいや、考えるなっ)

ぶんぶん、と朱斗はかぶりを振った。とにかくこの空間に汗みずくでいることだけは耐えられないのはたしかだ。べたべただった髪と身体を洗い、ようやくほっと人心地《ひとごこち》ついたところで、室内スピーカーからの声に呼ばれた。

『飯、用意できたからさっさと来い』

「いま風呂あがったとこやっちゅうに！」

『うるせえ。急げ』

ぶつっと切れた通話に腹立たしくなりつつ、ベッドのうえに用意してあった下着や着替えをあわてて身につけ、階下へと急ぐ。

そこに待っていたのは、意外な光景だった。

「……なにこれ?」

「ケータリング頼んでおいた。とにかく座って」

広い空間に似合いのおおきなダイニングテーブルの上には、さきほどまではなかった豪奢《ごうしゃ》な花とカトラリー類がセッティングされている。清潔そうな白いシャツとタブリエをつけた男性が
「ただいまサーブいたします」と恭《うやうや》しく頭をさげる。

「こんな時間にきてくれるもんなん……?」

「長いつきあいの店だから」

さらっと言うけれど、時計はすでに午前三時をまわっている。いいのだろうか、と困惑している朱斗に、サーブする男性はにっこりと微笑むばかりだ。

(いや、うん。プロやなあ)

冷製スープにサラダ、白身魚のマリネにブルスケッタなど、前菜だけを見ても仕込みに時間がかかるものばかりだ。それでいて、ある程度時間が経っても保存はきくメニューが多い。

「もしかして……」

「ん?」

「や、なんもない」

もしかして、もうずいぶん前から予約はしていて、なおかつ時間がずれることもコミで頼んでくれていたのだろうか。そう思い至るけれど、問いかけたところで素直に認める相手ではない。

なので朱斗は、ぷりぷりしたエビのフリットを口に運んで、にっこり笑う。

「これめっちゃおいしい」

「あっそ」

そっけなく言ってワイングラスを揺らした碧の口元が、すこしだけ微笑んだような気がした。

＊　＊　＊

朝も近い時刻だというのに、一日肉体労働にいそしんでいた身体は思ったよりも空腹で、朱斗は夏らしいフルコースの料理をデザートまで堪能《たんのう》しつくした。

「はあぁ、ほんっまおいしかった。ごちそうさまでした」

片づけまで請け負っているという彼にぺこりと頭をさげると「楽しんでいただけてなによりでした」と穏やかな微笑みが返ってくる。それがこの日いちにち、態度の悪い相手と接することの多かった朱斗にはひどくしみて「ええひとや」と顔がゆるんだ。

「朱斗、ちょっとこい」

「へ？　なに？」

軽く飲んだワインの余韻もあってふわふわした気分でいると、席を立った碧が指先で呼びつけてくる。「犬やないぞ」と口を尖《とが》らせつつ、逆らっても意味がないのは長いつきあいで知っている。

バルコニールームに向かう碧のあとを追いかけると、自動式のライトがふわっとその空間を照らし、「わあ」と朱斗は声をあげた。さきほどは暗くて見えなかったけれど、バルコニーのベランダからすぐプールへと降りられるようになっていた。

「なにこれ、プールやったん!?　海まで続いてる!?」

「続いてねえよ。インフィニティ・プールってわけにはいかないけど、高低差でうまいこと、空間の区切れがわからないようにしてる。昼になれば、柵とかもうちょい目立つけど」

「ふわー……」

近づくと、プールの底にもライティングが施されていて、青い水が光に揺らめくさまがひどくうつくしかった。プールサイドにはデッキチェアがふたつとテーブル。本当にホテルのようだ、と朱斗はもはやあっけにとられる。

「ちょっと泳ぐか?」

「えっ、水着……」

「さっき部屋に置いておいたやつ、下着じゃなくて水着だぞ」

「あ、そうなん?」

ずいぶんさらさらした布地だと思ったが、そういうことか。朱斗が感心していると、碧はこちらに背を向けたままがばりと上に羽織っていたパーカーを脱いだ。

「わあっ」

「なんだようるせえな」

「え、や、だって、さっきのひと、まだ……」

「あっちからは見えねえし、見ててもかまうかよ」

言いながら、したに穿《は》いていたハーフパンツもさっさと脱ぎ捨て、デッキチェアへと放った彼は、そのままプールに飛びこんだ。しぶきが跳ね、「わぷ」と声をあげた朱斗の眼前で、水中から顔を出した彼が前髪をうしろに撫でつけながら「こいよ」と誘う。

「待てってもう、さっき着替えたばっかやのに濡れるやろ！」

わめいて、ここは乗らずにおられまい。わくわくとテンションのあがった朱斗も服を脱ぎ捨て、月明かりとプールのライトに照らされた、きれいな男めがけて飛びこんでいった。

夜のプールで泳ぐのなどはじめてで、朱斗は昼の鬱憤《うっぷん》晴らしも兼ねてひどくはしゃいだ。プール自体の広さは長さ十メートルもなく、がっつり泳ぐには物足りないけれど、遊ぶには最高だ。月明かりだけが照らす真っ暗な海。波音以外なにも聞こえない空間で、目のまえにはめずらしく楽しげな碧。

妙なボランティアで、無駄に疲れさせられたことを忘れるには充分なもてなしだった。

さんざん遊んで冷えた身体を水からあがらせるころには、重力が感じられるほど疲れ切っていたけれど、気分的にはふわふわしたままだった。

もう一度シャワーを浴び、さきほどの彼がポットに淹《い》れていってくれた温かいカフェオレを手にプールサイドに戻る。弛緩《しかん》しきった身体を横たえると、潮風と波音に全身が包まれて、このまま眠ってしまいそうなほど心地いい。

「そのまま寝んなよ、ほったらかすぞ」

「寝ぇへんわ。はーでも最高やな、ここ……」

ふふふ、とご機嫌に笑いながら、ほどよくあまいカフェオレをすする。サービスに、と小皿に盛られていたクッキーもさくさくで、疲れた身体に甘味がしみいった。次々口に放りこんでいれば、隣からあきれ声がかかる。

「おまえ、あれだけ食ってまだ食えるのか」

「一日走りまわってたんや。なんぼでも食えるわ。ほんっま疲れたぁ」

朱斗はしみじみと言ってデッキチェアのうえで伸びをする。ふうっとちからを抜いたついでにおおきな息が漏れ、言葉も一緒にするりとこぼれた。

「……ちゅーか、ほんまめちゃくちゃな内情やったな。いくら奥田さんらおったにしても、あんな状況で、よう事故もなく運営できてたなあ？」

逆に不思議だ、と真顔で問えば、碧は苦い顔をしてみせる。

「途中まではいってた実務担当の人員よこしてた会社が、初日に女の子の事件があったんで、いっせいに手ぇ引いたんだよ。もう関わるのもいやだって。で、回せるのが誰もいなくなって、あわてて人間だけかき集めはじめたあたりで、お袋の事務所に報告はいって、事実関係がわかった」

「そんでおまえんとこが協力した？」

「チケットだけは完売しちまってたからな。返金処理するにも、初日からの日程がギリすぎて不可能だったし……ただ、スタッフにも客にもタチの悪いのいるから、そこだけはなんとかしねえとって話で」

どう転んでも問題が明るみに出るのは必至。「そのうえで最大限、どの方面にも痛みが少ない方法を取ろうとした」

結果が今回のこれだった、と碧は言う。

「痛みが少ない、て……おれとさとーくんについては、ただただ疲れただけやったけど？」

「そこはおまえ、おれがフォローすりゃ許してくれんだろ」

「フォローする気あるんか!?」

「いましてんじゃん」

「……どんだけ軽く見てんねん、もう」

とはいえ、遅ればせながらふたりきりの時間を持とうとするだけ、碧もやわらかくなったのかもしれない。むかしなら、そのくらい当然だと言い切って下僕扱いしたままほったらかしていただろう。

「……まあもう、おれについては、ええわ。おまえんとこのスタッフさんにはボーナス出して、ねぎらったりや。あのひとらおらんかったら、シッチャカメッチャカやったで」

「まあ、あいつら有能だからな」

ふんぞり返って言うことかと思うが、そこを碧相手に言っても詮《せん》ない話だ。

「ただまあ、現場で暴力沙汰《ざた》と、クスリが見つかっちまったんじゃあ、もう穏便にとか言ってらんねえってことで、ああなった」

「あー、酔っ払いふたり喧嘩してたけど、あいつらもやっぱやっとったん？」

「それもあるし、おまえの件もあっただろ」

「おれ？」

なんだっけ、と首をかしげれば、碧はあきれかえったような目を向けた。

「いま絆創膏《ばんそうこう》貼ってるこめかみと、青あざついてる背中はなんなんだ？」

「えあ？　あー、そういえばそやったな。おれ殴られかけたんやったわ」

あはは、と笑う朱斗の額《ひたい》を、こめかみに青筋を立てた碧の長い指がはじいた。

「いった！　痛い！　怪我より痛いこれ！」

「うるせえ、バカ！」

「バカてなんや！　もとはと言えば説明もせんで巻きこんだん、碧やろが！」

涙目で怒鳴ると、沈黙が落ちた。あれ、と朱斗は首をかしげる。

「そんなん知らん、とか言わんの」

「……ふん」

そっぽを向く彼の横顔に、めずらしいものが見えた気がした。これは、本当に反省しているのだろうか。もしかすると、さきほどの豪華な料理やなにもかも、お詫《わ》びの代わりということか。そう思うとおかしくなって、朱斗は噴きだす。

「なに笑ってんだよ、てめえ」

「んんん？　なんでもあらへんよ」

「なんでもねえことねえだろうがっ」

横から伸びた長い腕に捕まえられ、まだ湿った髪をぐしゃぐしゃとかきまわされる。「やめぇや！」と叫びながらも朱斗は笑った。

「うっせえよバカ、ひとの顔見て笑ってんじゃねえ」

「ひはは、やって、めずらしい顔してんねんもん、碧が」

首を抱えこまれたままくすくすと笑っていれば、はあ、とため息をついた碧がごくごくちいさな声で「悪かった」と告げる。ますますめずらしく、思わず真顔になって振り返れば「見んな」と頭を押さえられた。

「……碧？」

「怪我するような状況になるとは思ってなかった」

「は？　いや、怪我いうてもかすり傷やし。もう治ったし」

碧の長い指が、貼りつけたままだったこめかみの絆創膏をそっと撫でる。ふれられる瞬間まで忘れていたようなひっかき傷だ。気にするようなことでもない。

(正直、この程度の怪我、怪我のうちにはいらんっちゅうの)

勝手にひとを巻きこんでおいて、こんなふうに落ちこむほうがどうかしている。とはいえ、ふつうの感性ではかれないのが弓削碧という男だ。たぶんこれも、怪我をさせたこと自体より、他人に自分の『もちもの』を傷つけられた腹立たしさのほうが強い気がする。

しょうがないやつだなあ、と思う。傍若無人《ぼうじゃくぶじん》かと思えばときどき変なところだけ繊細。それでも、そんなしょうがないやつに惚《ほ》れたままでいる自分のほうがきっと、もっと妙なのだ。

「いままで碧にやられてきたことのほうが、よっぽどえらいことになっとったけどなあ」

「……あ?」

「いろいろやってくれたやん、むかし」

ぎろりと睨まれても、もう怯えることもない。佐藤も言っていたけれど、この数年で朱斗もずいぶんふてぶてしくなった。

「思えばほんま、なんで別れへんかったんやろなあ、おれ」

「おれが許さなかったからだろ」

「決定権が自分だけにあると思うなや、アホ」

「おまえほんっと、生意気になった」

「そらたくましくもなるっちゅうの。もういくつや思ってんねん」

ひひひ、とわざとらしく笑ってみせながら、ますます強まった腕に手をかけ、頬を寄せる。

「……かまわんよ、べつに」

「なにがだよ」

「碧が言葉足らんのも、もう知っとる。そんで、こんな騒ぎにおれら巻きこむのも、信用されてるからやって、充分わかっとる」

碧の事務所の面々はむろん、信頼してもいるだろう。彼らにはおそらく守秘義務も発生するし、今回の件は碧のＶＪとしての業務が妨げられないよう動いた面もあるはずだ。だが、佐藤と朱斗は完全な部外者で、そんな縛りなどなにもない。逆を言えば、内々の事情を誰かに漏らしたところで責任を取らされる可能性は低い。

「どうせ、なにがどうなろうと、おれは碧を嫌えん。もうそれはいやっちゅうくらい、わかっとる。やったら、いじいじしとるより開き直ったほうが楽」

「前向きなんだか後ろ向きなんだかわかんねえな……」

「元凶がなに言いよるか」

あはは、と声をあげて笑えば、隣の椅子へ引き寄せる腕がさらに強くなる。さすがに体勢を崩し、「危ないって！」とわめいた身体は、強引な男のうえに乗りあげるようにさらわれた。

「なん……んぶっ」

強く唇をふさがれて、言いかけた文句は相手の舌に溶かされた。すぐに鼻に抜けるあまい声があがり、ああまったく、と朱斗は思う。

どれだけ年月が経っても、お互い大人になっていろんなことが変わっていっても、朱斗をぐずぐずにするこの口づけのあまさだけは変わらない。キスの合間にわずかに顔を離した瞬間の、どろりとした色気をたたえる碧の顔立ちにも、いまだにときめいてしまう。

「元凶ってんなら、それはおまえだって自覚あるか」

「んん？」

「おれが増長したのって、朱斗がぜんぶ許すせいもあるぜ？」

「はあ!?　最初に会ったときからその性格のくせに、なに言う……っ」

声が途切れたのは、するりと腰にまわった腕がシャツをたくしあげ、背中を撫でたせいだった。

思わずはたき落とそうとするけれど、ふたたび奪われた唇のせいで抗議もろくにかなわない。

「……っ、は……も、きょうは、やらん……っ」

「なにをやんねえんだよ」

「ナニって……っちゅうかここ外やろ！　どこさわってんねや！」

じたばたしながら尻を揉む手を思いきりつねる。いてえ、と顔をしかめたタイミングで胸を突き放し、よろよろしながら朱斗は立ちあがった。

「とにかくなんもやらん！　疲れたし眠いし、寝たい！」

「おれが聞かなかったら?」

「万が一なんかされても、確実に途中で寝る自信があるけどな」

目一杯冷ややかな顔で言ってのけたのに、やはり碧は碧だった。

「それはそれでおもしろそうだから、べつにかまわねえけど」

「おもしろいて、おい……」

「川端康成《かわばたやすなり》の『眠れる美女』、けっこう好きなんだよな、おれ」

朱斗の目は一気に据わった。かのデカダンス文学の名著について、読んだことはないものの、概要は知っている。タイトルのとおり睡眠薬で眠らされた美女と一晩をともにする――ただし性的な手出しはしてはいけない――というサービスを提供する宿に訪れた老人が主人公の話だ。

「碧、そういう趣味あったんか……」

「なに、いまさら。おまえの寝込み襲ったこと何回あったか覚えてねえの」

「自分の変態性を堂々と宣言すんなや」

よけいに疲れた、とうめいて、朱斗は頭を抱える。くっくっと喉を鳴らして笑っているあたり、たぶん冗談だったのだろうと思うけれど。

「ほんま、碧はようわからん」

「そう簡単にわかられてたまるか」

「ああ、そう……」

がっくりと肩を落とせば、笑ったまま立ちあがった男が腰を抱いてくる。もう抵抗する気力もないまま室内へと誘われ、二階の寝室へ向かった。

空調のせいでさらりと冷えた空気に鼻がむずむずし、朱斗はちいさくクシャミをすると同時に身震いした。

「寒いのか？」

「あー、思ったより冷えてたっぽい」

ぐすりと鼻をすすったとたん、長い腕に包みこまれ、ベッドに引きずりこまれる。文句を言う暇もなく、どころかそのまま薄手の掛け布団をかけられて、目をまるくした。

「なんだよ、その顔。眠いんだろ、もう寝ろ。つっても、もうじき夜が明けるけど」

「あー……ほんまや」

薄いレースのカーテン越しに窓のそとを見れば、群青色の空。夏の早い朝が来るのはもう本当にすぐだろう。そう思ったとたん、どろりとした眠気が全身を包んだ。

さらさらと冷たいシーツが体温であたたまりはじめる。本当にこれは、なにかされたところでどうにもしようがない……と、眠気にあらがえず落ちるまぶたのうえに、やわらかいものがふれた。

――おやすみ。ありがとう。

そんな、やさしい声が聞こえた気がしたけれど、逃げ水のようなあやふやなそれは、かすんでいく意識の奥に溶けていく。

（ふふっ）

朱斗は声にならない笑いが浮かんだ唇を、あたたかな恋人の胸に沈めた。

＊　＊　＊

なんだかひどく、あつい。

深くあまい眠りのなかにいた朱斗は、とろとろと重たい蜜に包まれたような心地よい夢が、次第に温度をあげていくのを感じていた。

痺れたような手足のさきまで熱がこもり、膝裏をすべっていく汗の感覚がくすぐったい。暑くて、熱くて、たまらずに身をよじる。

（んっ？）

冷えたシーツにこすりつけたはずの脚が、なにかに阻まれてびくついた。とたん、ぎゅうっとつまさきが縮こまり、一瞬あとには反り返る。

「あ、ふっ……んん、ん」

ひどくなまめかしい声が聞こえ、それが自分の喉から発せられたのだと気づくまでに数秒、そして、このねっとりした熱の源が、いまのしかかっている男のせいであると認識するには、それからもう数秒が必要だった。

「――はっ？　え？　ナニ……？」

反応が遅かったのは寝ぼけていたからだけではなく、あまりのことに混乱したせいだ。すこやかな眠りについたとき、朱斗はたしかに衣類を身につけていた。けれどいまは下着すらない状態で、同じく全裸の碧にのしかかられたまま、あちこちを好き放題いじられている。

「なん、な、なっ、なにしてんっ⁉」

「はは、起きるのおっせえ」

「遅いって、いま何時……ってそゆことやないわ！　なんやこれ！」

「なにって」

訊くか、という顔でこちらを見下ろしてきた男の肌が、金色に光っている。さあっと頬を撫でていくのは潮風のようで、首をそらせば、おおきなバルコニー窓にさがるレースのカーテンが、夏の日差しを受けながらひらひらと揺らめいているのが見えた。

陽光の強さからいって、おそらくもう昼過ぎだろうことはわかる。わかるがしかし、いまの状況を理解できない。というか、したくない。

「ひ、ひとが寝てるのいいことに、なんしてくれてんの！」

「イイコトしててんじゃねえの？」

「そういうオヤジな返しいらんっ……あっ、ふっ」

急所を強く摑まれ、びくんと朱斗は身体を揺らした。ペニスをいじるのと逆の手は、もうすっかり朱斗のなかに埋まってねちねちと粘着質な音を立てている。気を抜くとあられもない声があがりそうで、とっさに唇を嚙みしめる。

「いれんのだけは待ってやったんだから、そこまで怒ることねえだろ」

「そ、ういう問題、ちゃう……っ！　こういうこと、するか、ふつう!?」

「寝るまえにちゃんと、ほのめかしてやっただろうが」

「もぉ、ほんま、アホやろ、アホ、あ、あ、……あっ！」

「文句言うのかあえぐのかどっちかにしろよ」

眠れる美女がどうこういう話か。混乱と寝起きのせいでうまくまわらない頭で必死にツッコミをいれようとするけれど、下半身からこみあげてくる強烈な感覚のせいで口がまわらない。

なにしろもう、奥の奥まで濡らされて、暴かれて、いじられている。なんでこうなるまえに起きなかったんだ、と自分にも腹が立つけれど、あれだけくたびれていたらしかたないだろうとも思う。

なにより、朱斗がこの身体を知り尽くした男の手管に抵抗できたことなど、一度もないのだ。

「や……もう、そこ……そこ……っ」

ひっかいてやろうと伸ばした手はいつの間にか碧の背中にすがりつき、いいようにかきまわす指のせいで腰は勝手に浮きあがる。かかとは無意味にシーツを蹴って、足下の布がぐちゃぐちゃになっていく。

「そこが、なに」

「……っ、この、さい、あく」

耳をかじりながらのささやきに、震えてしまうのが悔しい。真っ赤にゆであがった顔で睨んでも、にやにやと笑うばかりの男がこたえた様子はない。ばかあほへんたいおに。頭のなかで羅列した罵声はどれもこれも「語彙力なし」と鼻で笑われるレベルばかりで、朱斗は早々に白旗を掲げた。

「もお、いれぇ……っ」

「おっけー」

上機嫌で笑った碧が体内をいじっていた指を抜く。ご丁寧にゆっくりとまわしながら、朱斗のいいところばかりいじめるようにしていくから、出したくない声が勝手に漏れる。音も粘液もねっとりとあとを引いて身体から離れていき、そうしてすぐに、開かされた脚の間は太いものでふさがれた。

「っあ！　あ……っ、あっ、あっ」

動きは最初から容赦がなかった。こちらの身体がどれだけとろけているのか熟知した――そういうふうに変化を施した相手がすることなのだから、当然なのかもしれない。

薄く開いてはいるけれど、涙でぼやけた視界がぐらぐら、揺れていた。見慣れない天井を引き締まった男の肩越しに見つめれば、白いカーテンに反射した光が踊っている。

あかるいところでのセックスも、経験がある。というか碧はどういうシチュエーションであれ朱斗をいじめるのが好きだったし、たいがいなことをやられてもきた。

起きたらすでにこんな状況だったということは、なにもかもを見られたあとで、いまさら恥じいるのも変な話だとは思う。

(けどやっぱ、はずいもんははずい……っ)

せめて視界にはいる部分を減らそうと、自分を揺さぶる男にしがみついた。手のひらに触れた碧の背中が一瞬驚いたように震え、そのあと耳の横でふっと笑う息。

「なんだよ、もっと?」

(違うっちゅうの……!)

都合よく誤解したらしいけれども、これで「見られたくないから」などと言えばやぶ蛇だ。どころかいまよりもっと恥ずかしい格好にさせられるのは間違いない。ならばどうとでも思っていろ、と開き直り、朱斗はぎゅうぎゅうと腕にちからをこめる。とたん、ずんっと強い突きあげがきて、その痛烈な刺激に目のまえがちかちかした。

「なんだかんだ文句言うくせに、乗り気じゃん?」

「ちが、あ、ちがぁ、う……っ」

予想以上に調子に乗らせたらしいと悟っても、もう遅い。奥をうがつ碧の、圧倒的な存在感に意識がすべてさらわれていく。

上質なベッドはスプリングのきしみを感じさせない。そのぶんだけ、押しこまれる動きをダイレクトに感じてしまっていたたまれない。たまらず胸を押し返すように腕を突っ張れば、その流れで手首を摑まれ、両手ともシーツのうえへと押しつけられた。

「ひ……っ」

「残念。せっかく隠してたのに、丸見え」

「な、なあっ⁉」

その言葉に、かっと頭が熱くなった。碧はけっきょく、朱斗の羞恥もすべて見透かしたうえで、自分の都合のいいように勘違いしたと思わせていただけだった。

「こ、この、性悪……っ」

「いまさらなこと言ってんじゃないっての」

暴れようにも、深くつながれたままの不自由な状態ではどうしようもない。うなって膝からさきだけをじたばたとさせてみるけれど、いたずらに疲れるだけだった。

「おまえの考えてることくらい、バレバレなんだよ」

「くそったれっ」

「口悪いなあ」

「碧にだけは言われたく……っんんん！」

最後まで言うよりはやく、口をふさがれた。ふざけるなともがいても無駄で、わめくついでに開いた口腔《こうこう》をいやというほど舐められる。首を振って逃げようにも碧は執拗で、息苦しさが増すばかりだ。

「ふぁ、は……っ、も、はよ、終われ、あほっ」

「そこまで早漏じゃねえし」

「ふざっけんなっ……あっあっ、……あっ」

軽口をたたきながら、どうしてそんないやらしいやりかたで腰を動かせるのだろう。朱斗はもう限界も近くて、それを罵声でごまかしているのがやっとなのに、碧はいつでも余裕顔だ。

「あああ……っ」

膝を持ち上げられ、さらに深くつながる体勢に持ちこまれる。上から突きおろすような状態で強く何度も押しこまれると、悲鳴のような声以外発することもできなくなる。

奥底からにじんでくる、粘ついたあまったるい感覚が血に溶けて、全身へと駆けめぐる。鼓動がはやく、耳の裏がじんじんと痺れたようになって、熱を持った頭が思考をかすませていく。

いや、だめ、と無意味な言葉を繰り返すだけの唇はゆるんだまま閉じられず、口の端から垂れたものを碧の舌がすくっては戻してくる。下半身で繰り返されるのと同じ動きで舌をだしいれされて、全身のすべてが犯されたような気分になった。

息が苦しい。すがるものがほしい。もがいて、どうにか拘束から逃れた腕が摑むのはけっきょく、自分をいじめている男の後ろ髪。

「みど、りぃ……」

あまえたような声が出るのは本意じゃないのに、「ん？」と覗きこんでくる男の目も声もやさしい気がするから、もっとあまやかしてくれと身体がねだる。もう抗うことすらやめて、揺らされる動きにあわせて腰が跳ね、もっと、もっとと言葉ではなく訴えた。

「なか、すげえな」

低い笑いを交えた声で揶揄されても、うるさいと言うこともできなかった。濡れた目でじっと見つめ、だからもっと、と脚を絡めれば、碧がふっと真顔になる。

「そういうとこ、タチ悪いよな、おまえ」

「な、にぃ……？　もう、ええから、はよ」

して、と首にまわした腕で引き寄せ、唇をねだった。ちいさな舌打ちのあとに望んだとおりのキスが降ってきて、朱斗も食《は》むような動きでそれに応える。

意地もなにも捨てて、目を閉じる。感覚に没入すれば、ただ心地よさだけが全身を包み、どこまでも底のない蜜の沼に落ちていくような気分になるけれど、そうやすやすとぬるい快感にひたらせてくれないのが碧だ。

「――――んぐっ!?」

喉奥から引きつれた声が漏れるのは、ずるりと引きだされたものを一気に奥まで打ちつけられたからだった。そうして苦しいほどの衝撃を与えてひるんだところに、今度はねちねちと、弱いところだけをこねるように小刻みに突いてくる。

「うぁ、や、め、それ、いや、やっ」

「好きじゃん。いいだろ」

「い、けど、やっ……やっやっ」

鋭く尖った神経が、めちゃくちゃにかきまわされていくようで、つらい。つらいのに、やめてほしいのに、身体はさらなる喜悦を求めて勝手に揺れ、踊り、すがりつく。おまけに、もういらないとかぶりを振る朱斗にかまわず、張りつめきった乳首にも愛撫の手は伸びてきて、かたくこわばったそれをしつこいくらいにいじられる。

「いたっ……痛い、あほ、いた……いぃ」

「いいのかよ」

つねるように引っ張りあげられ、ちいさな突起からいったいどうして、というくらい強く、全身に快楽のパルスが走る。びくり、びくりと不随意に跳ねる身体はもう、碧の思うがままにされるだけだ。

自分の身体に骨などなく、なにか粘土のようなやわらかいものになって、碧の手のなかでひたすらこねまわされているような、そんな気分だった。

（もう、なんもわからん。ぐちゃぐちゃ、なってる……）

波音は、もう聞こえない。ろれつのまわらないみだらなあえぎと、ときおり耳のそばで荒くはぜる碧の息づかいだけが朱斗のリアルだ。

「もお、やや、も……おわ、て……っ」

終わって、終わらせて、頼むからもう、かんにんして。泣きじゃくりながらしがみついてせがむと、激しい行為に不似合いなキスが額にひとつ。

「泣くなよ」

ささやきがやさしく響いたのは一瞬、続いた言葉に朱斗はひっと顔をゆがめる。

「んな顔されたら、止まらなくなるだろ？」

「あ、あ……あほかあああ！　あ、や、……っあああ！」

そうして、はなはだ色気もなにもないわめき声を最後に、朱斗は官能のるつぼへとたたき落とされる。

そうして碧もまた、あまりにもあまりな反応に爆笑しながら――という終わりを迎えたのだが。

「……っはあ、くっそ、笑ったせいでいまいちすっきりしなかったじゃねえかよ」

「し、知らん、そんなん、おまえが悪いんやろっ」

ひとしきりひとのうえで笑いこけたあとに、湿った髪をかきあげながら見下ろしてくる碧の顔は、いまだ興奮を静めていなかった。

さっと青ざめた朱斗が逃げようにも、深くつながれたままの状況ではどうしようもなく。

「そんなわけで、続行な」

にっこりとうつくしく微笑みながらの宣言に、ただ震えながらかぶりを振るほか、どうしようもなかった。

＊　＊　＊

騒ぎから数日が経った日曜、通常どおり休みである佐藤と仕事あがりの朱斗は、事後の報告がてらふたりで飲もうと約束していた。

佐藤の住むアパートの近く、雰囲気のいい飲み屋に腰を落ち着け、まずはとビールで乾杯する。お通しのクリームチーズと枝豆の和え物をつつき、朱斗はため息まじりに言った。

「あの件、けっきょく大騒ぎになってもうたね」

「まあ、あそこまでいっちゃったらしょうがないでしょ」

海辺での一件は、逮捕者が出たこともあり、ニュースなどでも扱われることとなった。

テレビや新聞のみならず、『現場にいた』というネットの書きこみもあちこちで見かけた。とくに、予定されていたライブが中止になったことで、ファンたちもかなり騒いでいたようだ。

「とりあえずつぶれたライブの振り替えイベントみたいなのは、それぞれ企画するらしいよ」

佐藤の言葉に「まあ、せやろなあ」とうなずいて、朱斗はニュースサイトを追っていたスマホをオフにする。

「ただまあ、長くは騒がれないだろうね」

「そうなん？」

「言いたくはないけど、この手の騒ぎってあんまりめずらしいことじゃないから……ほかにおおきいニュースでもはいれば、すぐそっちに世間の目は向くよ」

ああ、と朱斗は顔をしかめた。「めずらしいことじゃない」という言葉にうなずきたくはないけれど、正直、佐藤の言うとおりなのだ。まったく、いやなご時世だとしみじみ思う。

「……でも、女の子が被害にあったって話は、どこにも出てへんかったね」

「本人が騒ぎになるのいやがったんで、そこは情報制限かけたって。まあ……そうだろうね」

「あの子も、大丈夫だったかな。やなこと、はよ忘れてくれればいいけど」

怯えきっていた彼女の顔を思いだすと、どうしても気持ちが沈む。うなだれた朱斗の頭を、佐藤が軽くたたいた。

「彼女については未然に防げたんだし、よかったって思っておけよ」

「ん」

くしゃくしゃと髪をかきまわされ、眉をさげたまま朱斗はどうにか笑ってみせる。だがその表情は、続いた言葉にすぐゆがめられることとなった。

「それにあのあと、碧に助けてもらったーってすっごい喜んでたし、あれならトラウマになるようなことはないだろうから、そんな心配しなくても――」

「え……ちょお、待って？　なにそれ」

助けたのおれですけど。目を見開いて朱斗がうなれば、「おっと」と佐藤が手を引く。

「いや、彼女のなかではもうね、碧サマの姿しか目にはいってなかったらしく」

「はぁああ!?　ちょっとそれはないやろ!?」

「ほら、なんていうの？　人間、インパクトの強いできごとだけが記憶に残るっていうか」

いいところをかっさらわれたとは思っていたが、よもや存在ごと消え失せているとは。さきほど覚えた心配も同情も吹き飛んで、朱斗は歯がみした。

「おれ、あの子庇って怪我までしたっちゅうのに！　理不尽すぎる……！」

「よしよし、泣くな」

あんまりだ、とテーブルに突っ伏してみせれば、朱斗の頭を撫で続ける佐藤が「まあでもしょうがないかもなあ」とつぶやく。

「しょうがないってなんやねんな」

「あー、うーん……」

言うなって言われてたんだけど。もごもごと歯切れの悪い佐藤をじっとり睨めば、苦笑した佐藤が「ナイショな」と口の前に指を立てる。

「あの子、奥田くんにとりあえずお任せしたあとで、碧がわざわざフォローいれにいってるんだよねえ……それでよけい、碧のことしか記憶になくなったみたい」

「はあ⁉　フォローっていつ！」

がばりと朱斗が顔をあげる。佐藤は困った顔をしながら「おれと朱斗が警察でいろいろ訊かれてた間に、みたい」と答えた。

「びっくりしただろうけど、怪我がなくてよかったね、みたいな感じで声かけて。で、最寄り駅まで送ってってあげたらしい」

「なんしよんねん、あいつは！　てか、そんな親切するとか、天変地異か⁉」

「天変地異って」

佐藤は笑ったけれど、朱斗にしてみればそれくらいの異常事態だ。腹が立つよりも唖然としてしまい、目を瞠ったままの朱斗に、「おれからするとべつに不思議でもないけど」と佐藤は言う。

「え、なんで、どこが。他人に気遣う碧とか変としか――」

「だから、主体が違うんだってば。碧が動いたの、あの子のためじゃなくて、おまえのせいだよ」

「……へ？」

くすくすと笑う佐藤は、ちょうどできあがった手羽先の唐揚げに「あちち」と言いながらかぶりつく。

「うまいなー、ここの唐揚げ」

「いいな、一本ちょうだい……じゃなくてさとーくん、おれのせいってなんやの」

どうぞ、と気前よく熱々の一本を恵んでくれた佐藤は「あの流れだと、惚れちゃうのはふつう朱斗になるよね」と言う。朱斗も、まあ流れ的に、とうなずいた。

「だからでしょ。それは困るじゃん、碧的に」

「ほあ？」

「夏の海でさ、自分が危ないところ助けてくれた男好きになるのは定番だろ？」

「え、いや、だからなんでそれが碧が困る――」

言いながら、朱斗のなかでまったくバラバラだった事柄がようやくつながる。さきほどよりさらに目を見開いた朱斗へ、佐藤は二本目の手羽先をやっつけながらうなずいた。

「あいっかわらず、おまえのこととなると狭いよねあいつ。ほんっと狭すぎる」

「いや……えー……さとーくんのうがちすぎとちゃうん……？」

惚れるだなんだというけれど、そんなもの『パターン的に』という与太話、仮定以前の問題だ。まさか、そんなあり得もしない予想のために、あの碧が動くというのか。信じがたい、と目を白黒させる朱斗に「じゃあ訊くけど」と佐藤は脂のついた指を舐めて、言った。

「それ以外に、あの傲岸不遜傍若無人天上天下唯我独尊の碧が、なんで動くんだよ」

「さとーくん、罵倒が長い……いや、そうやなくて……」

「あとさあ。別荘で相当ご無体されたろ、朱斗」

なんだか妙な流れに困り果て、ビールをちびちびやっていた朱斗はその一言にむせる。

「ちょっ、なんっそっ、えっ？」

「あー、やっぱりかー。あんときけっこうイライラしてたから、そうなると思ったんだよな」

どうやらかまをかけただけらしい。赤くなったのはむせたせいで、それ以外にはないのだと言いたいけれども、にやにやする佐藤相手には無駄な話だ。朱斗は静かにうなだれた。

「……さとーくん、年々遠慮なくなってへん……？」

「おまえら相手に遠慮してどうする」

しれっと言ってのけた佐藤は、続いて届いたキュウリのたたきピリ辛ごまあえを、いい音を立てて咀嚼《そしゃく》する。朱斗はその顔を恨めしげに見あげながら、自分の頼んだ豆腐サラダはいったいいつ来るのだろう、と意味のないことを思った。――わかっている、逃避だ。

「まあ、らしくない行動と、らしい行動がセットになってたことで、おれのなかでこの件の証明は終了なんですよ」

「おれはいっこも腑に落ちん……！」

「朱斗の腑に落ちようが落ちまいが、ただの事実だと思うなあ。……あ、すみませーん、ささみ明太と、ビールおかわりで」

「……豆腐のサラダ、まだですかぁ……」

ふたたびテーブルになついた朱斗は、げんなりしながら追加オーダーのついでに問いかける。

忙しそうな店員からの返答は「すみません、オーダー漏れてました」という哀しいものだった。

「おれ、そんなに影薄いんかな、さとーくん……」

「あんな強烈なのに愛されちゃった代価なんじゃねえの？」

「てきとうに返事すんなや！」

もうやだ、と額をテーブルに押しつけていれば、佐藤のスマホが振動する。ぴょこんと現れたメッセージの送り主が目にはいり、朱斗は「げっ」とうめいた。

「碧、いまからこっち来るって」

「ええ……おれ、きょうさとーくんと飲むって言うてないよ？」

「おれが言った」

朱斗が「なんで！」とわめくけれど、次の品を選ぶべくメニューを眺めるのに忙しい佐藤は、にべもない。

「あいつに言わないで勝手にふたりで飲むと、あいつの機嫌悪くなるんだって。おまえもいいかげん、学習しなさいよ」

「まだそんななんかい、碧……」

「まだそんな、だから、さっきの証明終了につながるんでしょうが」

ぺこん、とメニューで頭をたたかれ、朱斗はますますテーブルと仲よくするしかない。

「……さとーくん。碧の愛って、もしかして相当重たい？」

「おまえ、それを本気で訊いてる？」

あきれかえった目でうろんげに見やる佐藤へ返す言葉もなく、豆腐サラダはいまだ届かない。

こぼしたため息は、もう数十分後に到着する男の愛に匹敵するほど、重かった。

冬の蝶はまどろみのなか

しん、という音の聞こえそうな雪の夜。千葉県の外房《そとぼう》にある瀟洒《しょうしゃ》な洋館は、外の静けさと裏腹に、たくさんのひとで賑《にぎ》わっていた。

「……ここ、ほんとに会社の施設？」

早坂未紘《はやさかみひろ》はちいさな声でつぶやいたのち、手にしたシャンパングラスに口をつける。ここは、株式会社『ジュエリー環《かん》』が所有する社員用の保養所。設立四十五周年記念ついでのクリスマスパーティーで、関係者とその家族、友人は招待ＯＫだという。

——おまえはうちの工房しか見たことねえし。編集だっつうんなら、知らない世界のドハデな場所ってのも勉強になるんじゃねえの。

そう言ったのは、『ジュエリー環』直轄工房の社長であり、主宰である日本トップの宝飾デザイナー環《たまき》先生の弟子、そして未紘の恋人である、秀島照映《ひでしましょうえい》だ。

——学生時代はバイトだってしてたし、ぼくらは身内みたいなものだし。遠慮しないで。

ためらった未紘へ言い添えてきたのは、照映の相棒である、霧島久遠《きりしまくおん》。ふたりがかりで誘いを受け、それならば——とありがたく招待を受けたわけなのだが。

（しかし、想像以上に豪華だ）

保養所という名目なれど、ハーフティンバー様式を基調にアレンジしたクラシックな雰囲気の建物は、会社の催事や接待にも使われているそうだ。複数の客室のほかにパーティースタッフ宿泊用のだだっ広い部屋もあり、ベッドの数も二十を超える。完全にパーティー仕様の別荘、というわけだ。

（こないだ出張で行ったイタリアの貴族の家で、似たような調度品見たなあ……）

リビングという名前のパーティーホールは三十畳ほどあり、巨大なクリスマスツリーが飾られた暖炉の周囲では、着飾ったひとびとがなごやかに談笑している。本社の社員や営業先の社員など、関係者が大半とはいえ、一部懇意な顧客たちも招かれているらしい。女性達の胸元には豪奢《ごうしゃ》なネックレスやブローチが飾られていて、それに負けないだけのドレスも、見るからにお高そうだとわかる。

（やっぱおれ、めっちゃ浮いてない？）

未紘も一応、一張羅《いっちょうら》のスーツで来たけれど、たぶん場の中心にいる皆様方とは、衣装の価格が桁《けた》違いだろう。

長引く不況で、宝飾業界も随分厳しくなったと聞いている。が、やはりこういう光景を見るにつけ、セレブの世界は不況知らずだと思わざるを得ない。

おまけに、いわゆる『ぼっち状態』なので、ますます身の置き所がない。今回は商談用のパーティーではなく、あくまで祝賀会を兼ねたクリスマスのお祝いとの話だったが、やはり顧客の接待も兼ねているので、照映たちはなかば裏方になると聞いていた。

それは仕方ないし納得ずくで来たわけなのだが、気後れはするしひとりで時間はもてあますし、どうしていいのかわからない。

そもそもパーティーというのは大抵、人脈づくりや交流が主な目的になる。未紘とて本業の場であればそれなりに振る舞うこともできるけれど、あまりにカテゴリの違う相手ばかりではとば口すら見つからず、どうしようもない。

間がもたず、ついついグラスに口をつけてしまう。泡がはじけ、ふわりとしたその香気のなんともいえない高級感にうなりそうになった。編集者として接待の場にも連れて行かれるようになり、それなりのクラスの酒も味わったことがあるだけに、これがスパークリングワインではなく本物のシャンパンだとわかったからだ。

それらを提供するためのバーカウンターもこの室内にしつらえられたもので、アンティークの深い色合いがうつくしい。カウンター背後の棚に並ぶ、百もありそうなバカラのグラスにくらくらしながら、カウンター内にいる照映のバーテンダー姿に違う意味でもくらくらした。

「いやしかし、男前……」

「だよねぇ」

しみじみとつぶやいたところ、誰もいなかったはずの隣から相づちが打たれてぎょっとする。

振り返ればそこには、照映に同じくギャルソンスタイルの久遠が長めの髪をあえて無造作に結んで立っていた。

「久遠さん！　なんしよるとですか！」

「ふはは、ミッフィーがひさびさに九州弁だぁ。見てわかるでしょ、お給仕ですよ」

おかわりいかが、とわざとらしくうやうやしい動作でトレイを差しだされる。カクテルグラスがいくつも並んだそれに、「まだあるんで」と自分のグラスを掲げて見せれば、思ったより量が減っていた。

「もうないじゃない。次なんにする？　ワイン？　カクテルがいいならあいつが作るよ」

親指でさされたさきには、なんとシェーカーを振る照映の姿があった。

「あんな特技あったんですか」

「もうこの会社はいってから、ことあるごとにずうっとやらされてるからね。で、新人のころお客様に『おいしくない』って言われたのが腹立ったみたいで、バーに通い詰めてバーテンダーと仲良くなって、独学で色々覚えたみたい」

「凝り性《こしょう》なんは変わらんとですね……ていうか、照映さん、えらかひとじゃなかとですか」

一応は子会社の社長なのでは、と言えば「環先生にとっちゃ、まだぺーぺー」と久遠は笑う。

「そういえば、肝心の環先生って、どの方なんです？」

「ああ、ミッフィーは開場の挨拶のときいなかったんだっけ。今日はフランスなんだよね」

なんでも、急な海外催事の企画が持ちあがり、どうしてもデザイナー兼社長である環先生本人が打ち合わせに向かわなければならなくなったそうだ。

「だから本社の取締役も何人かいないんだ。それでよけい、接待要員が必要でね」

「ああ、なるほど……」

「あとまあ、恒例行事になってるから、社内外問わず楽しみにしちゃってるひとも多いしね。ご期待を裏切ったら申し訳ないでしょ」

この長身ふたりがバーテンダーをやらされているのは間違いなく、女性客向けのサービスだ。実際、照映の立つカウンターまわりにはドレスの客が群がっている。環先生の作品を購入できるレベルのスーパーセレブが集うためか若い女性はさほど多くなく、未紘などすっかり孫世代と言える。いま楽しそうに照映に話しかけているのは妙齢のマダムたちばかりだ。

「ちょっとホストクラブ的な……？」

「むしろあれじゃないの、おねえさま向けのディナーショー的な」

にやにやする久遠の言葉に「なるほど」と笑ってしまった。実際、宝飾系の催事ではそういうディナーショーを行ったり、その手の歌手を呼んでイベントをしたりするらしい。

「きょうはスターがいないから、おれたちが花ってことで」

「花て……自分で言いますか」

あきれて半眼になってみせるけれど、それだけのルックスであるのはたしかだ。しらけた顔も長くは続かず、笑った未紘は「もういいですよ」と手を振った。

「ひとりで暇してたの、気にかけてくれたんでしょ。お仕事してください」

「おや、気遣いに気づくようになるとはミッフィーも成長する」

「おれももう、ふだんは接待する側ですよ？」

そういえばそうだったね、と目をなごませた久遠からは、おそらく二十歳《はたち》前後の未熟な自分がまだ見えているのだろう。彼や照映との年齢差を思えば、それもしかたない。いくらこちらが大人になったつもりでも、きっと彼らにはいつまでも、おしりにカラのついたひよこに見えるのだろう。

「もうちょっとしたら、あいつも休憩にはいれるからさ。それまでおいしいものでも食べててね」

きれいなウインクを決め、久遠はグラスの空いた客たちのもとへと近づいていく。危なげない足取りに、彼はこっちが本職なのではなかろうか、と妙な感心を覚えた。

（とりあえず、久遠さんもああ言ったし、こうなりゃ食わせてもらお）

もてあます時間もただ飯のためと割り切って、ヒマを食で塗りつぶすと未紘は決めた。となると俄然《がぜん》、楽しくなってくる。さすが顧客層にあわせただけあって、食事も豪華だ。キャビアとサワークリームの乗ったプチタルト、サーモンと野菜のキッシュ、エビのカクテルサラダなど、前菜系だけでもよりどりみどり。そのほか、魚介たっぷりのパスタにその場で焼いてもらえるミニステーキ、寿司屋台。

ふだん、仕事でのパーティーでもそれなりのものは提供されているが、あくまで作家サイドをもてなすためで、未紘ら編集部員は食べる方に集中できることはない。

皿にあれこれと載せ、そのままぱくついていると「おいしそうに食べるわね」と、上品そうな白髪《しらが》に着物姿の老婦人から微笑《ほほえ》みかけられた。

「あはは。こんなおいしいの、あんまり食べられないもので。がっついててすみません」

「あらいいのよ。若いひとはたくさん食べなきゃあ。……ねえ、ちょっとこの子に、そのお肉焼いてさしあげて？　おおきいのをね」

なんとなく気後れして頼めずにいたステーキを、老婦人が代わりに頼んでくれた。あわあわしながら「すみません、ありがとうございます」と頭をさげれば「たくさん食べてね」と楽しそうに笑われる。

「こちらの社員さんなの？」

「あっいえ！　以前アルバイトしてたんですが、いまはまったく違う業種で……出版社に」

「あらそうなの。どちらにお勤めなの？」

なんだかよくわからないが、気にいられたらしい。ステーキが焼けるまでの間つなぎにもなるし、こういう世代のやさしそうな女性がけっこう得意な未紘は、「失礼ながら、こういうもので」とふだんから持ち歩いている名刺を差しだした。

「……あら。章《しょう》ちゃんの会社じゃないの」

「えっ？　しょ、しょうちゃん？」

「いやだ、あなた自分の会社の社長の名前、覚えてないの？」

ころころと笑われ、思い返してみればたしかに自社の社長の名前は『章一《しょういち》』であったことに気づかされる。

「え、ええと、お知り合い……ですか」

「むかし色々ね。おもしろいことをやったの」

ふふふ、と笑った老婦人が「わたし、名刺はもう持っていないの、ごめんなさいね」と言うのにあわてて首を振った。

「とんでもないです。こちらこそぶしつけでしたら申し訳ありません」

「そんなことないのよ。そうね、章ちゃんに会ったら、『にのまえかずえ』がよろしく言ってた、って伝えてちょうだいね」

「は、はあ……でも私はヒラ社員ですので、そうそうお目にかかることは……」

「会ったらでいいわ。……ほらお肉、焼けたみたいよ。おあがりなさいな」

にこにこするご婦人に恐縮しつつ皿を受け取っていると、「にのまえさま！」と誰かが呼ぶ声がした。

「お嬢様がた、遅れて見えましたので、こちらにどうぞ」

「あら、やっときたの。……じゃあね、あなた。ごゆっくり召しあがって」

「ありがとうございました」

去って行く『にのまえさま』の後ろ姿はしゃんとして、着物のさばきかたも完璧《かんぺき》だった。最後にようやく気づいたが、帯留めはたしか以前、照映が仕上げの金細工をしていたものだったと思う。

もしかしてすごいひとだったのでは、と思うが、そもそもこの場にいる大半が『すごいひと』ばかりであろうし、あまり気にするのはやめようと、焼きたてのステーキを頰張《ほおば》った。やはり肉も上等で、嚙《か》みしめるたび口内にあふれる肉汁にうなりそうになる。

壁沿いにあったテーブルのうえから肉にあわせて渋みのある赤ワインをもらい、ついでにチーズもいただいた。行儀が悪いかと思ったけれど、いっそ取材のようなものだと開き直り、各種の料理やテーブルセッティングなどを写真に収めさせてもらうことにした。

(あ、でもさきに許可とるべきか？)

来客などを撮るつもりはないが、角度的に写りこんでしまう場合もあるだろう。やはり照映か久遠に聞くべきか――とカウンターを振り返った未紘は、あれ、と目を瞠《みは》る。

さきほどよりあきらかに、若い女性の姿が増えている。そういえば遅れたお嬢様がどうの――と言っていたけれど、もしかしてさっきの『にのまえさま』のお孫さんとかだろうか。

(いや、それにしても、あれは……)

如才《じょさい》なく客の相手をする照映と久遠が、鈴なりになったドレスの女性陣に囲まれていた。むろん、育ちのいいお嬢様がたらしく、あからさまなアプローチをかけるような状況ではない。ないのだが、きれいに着飾った女性達のなかに自分の恋人がいるというのはあまり、おもしろくはない。

久遠はふだんのけだるげな雰囲気がギャルソンスタイルに異様なくらいマッチしていて、妙な色気すら感じさせるのだが、長身で野性味のある男前の照映は、本当に目立っていた。おまけに、未紘も見たことがないような完璧で品のある微笑みまで浮かべ、やわらかい所作で女性たちの会話に相づちを打っている。

ふだんぼさぼさの髪をセットし、かっちりした服に身を包んだだけで、こうも化けるか、と未紘ですら感心するほどなのだ。パートナーのいない女性陣が色めき立つのも当然といえば当然ではあるのだが。

「……あらら、今年もお嬢さんたち、頑張ってるわね」

「あのふたりはつれないのよねえ。でもあそこなんか、お似合いじゃない?」

「彼は環先生の……ああそうなの、社長さんでいらっしゃるのね? 品もあるし堂々として、素敵な方じゃないの」

おもしろがっている外野の声までちらほら聞こえはじめ、なかには本気で娘婿《むすめむこ》、孫婿に、と候補にあげている空気すらある。いやいやいや、と未紘は内心でかぶりを振った。

(そのひと、ふだんは頭にタオル巻いて、年中ゲタ履きなんですけどね! 品がどうとか言ってますけど、めっちゃ雑な男ですからね！）

そんな照映を知っているのは本当の身内だけだぞ、と無意味な対抗心を持ったうえ、変な風に彼をくさしている自分に気づき、なんとなく恥ずかしくなった。

（いや、まあ、どっからどう見ても、ええ男っちゃけど、ね）

この程度でやきもちを焼くなど、思ったより酔いがまわっているのかもしれない。ひとりで食べて飲んでばかりでは、あまりいい酔いかたをしないのも道理だ。

ため息をついて、手近にあったテーブルに食べ終えた食器とグラスを置く。周囲を見回し、たしか奥のベランダから外に出られたはずだと思いだして、そちらへ向かった。

「……さむっ！」

木製のベランダから一歩外へ出ると、冬の冷たい空気に頬を撫《な》でられる。複雑に組まれた手すりのデザインもうつくしく、背後の山を借景《しゃっけい》にした庭もかなりの広さだ。昼間に見ればおそらく見事な光景なのだろうけれど、なにしろここは千葉の奥地。パーティー会場となった室内以外に灯《あか》りなどろくになく、周囲の民家もほぼわからない。つまりは真っ暗な状況で、残念ながら眺めを楽しむとはいかないようだ。

スーツだけではさすがに冷えがきつく、未紘は両手で腕をさする。それにしても、本当に静かだと、冬の冴《さ》えた夜を見あげ、耳をすます。ベランダの防音ドアからかすかに漏《も》れるにぎやかな声と音楽を除けば、風が山の木々を揺らす音と、遠くの潮騒以外なにも聞こえない。

都会では味わうことのない本当の静けさというものを、ひさしぶりに感じたように思う。

このあたりは近年、世界的なスポーツの祭典のサーフィン会場候補にあがったりと、だいぶ評価の高くなってきている土地らしいが、それでも基本的には山と海に囲まれた静かな場所だ。

外房の、荒い海の音が聞こえる、小高い丘に建つ洋館。まるっきりミステリーの孤島もののようだ。それこそパーティー会場で殺人事件が起きる、定番ストーリーの舞台にふさわしい。

担当している作家が、そういえば本格ものを書きたいと言っていた。このシチュエーションを教えてあげたらイメージもわきやすいんじゃないだろうか。そのうち許可をとって、きちんと取材させてもらえるか、照映に訊《き》いてみようか。

(本格ミステリーの舞台にはぴったりかも。いや、それともホラーサスペンスか……)

仕事に絡《から》めたとたん楽しくなってきて、未紘はいろいろと夢想する。いまの状況はまさに事件が起きるにふさわしい。

これから起きる惨劇に気づく様子もないまま、年末のパーティーで酔い覚ましに外に出る第一の被害者。彼がふと気づけば山を鳴らす風がやみ、一瞬の静けさが訪れる。その瞬間、背後から伸びてきた腕が——。

「静かにな」

「ひ……っ!?」

喉奥に詰まった悲鳴が、おおきな手のひらにふさがれる。心臓が飛び出るのではないかというくらい驚いて暴れようとした瞬間、「おいおい」とあきれた声が聞こえた。

「なに悲鳴あげようとしてんだよ。おれだ、落ちつけ」

すわなにものか、と大暴れしそうになる未紘の耳元で、聞き慣れた笑い声がした。目を見開いたまままおそるおそるうしろをうかがうと、照映が苦笑いしながら手を離す。

「よう、未紘。寒くねえのか」

「びっ……びっくりした、びっくり……なっなっ、なんすっと、いきなりっ」

まだどきどきする胸を押さえ、涙目でなじるように睨《にら》めば、彼は首をかしげる。

「え、いや、そこまで驚かせたか？」

「ちょっ、いろいろ考えよって、そこに、……っもおお、なんなん！」

はひはひと白い息まで切らす未紘へ、照映は「考えてたってなにをだよ」と不思議そうな目を向けた。勢いで怒ってしまったものの、改めて問われれば妄想していた自分が悪い気もしてくる。

「や、べつに……たいしたこっちゃなかし……」

「なーんだよ、やましいことでも考えてたってか？」

「違うっ、殺人事件に似合いそうって、それでっ」

「はあ？」

いったいこいつはなにを言いだした、という顔をする照映にむくれながら、考えていたことを話すと、案の定爆笑された。

「はっはは！　なるほど殺人事件な！　そ、そりゃ驚かせて悪かった」

「悪いと思っちょらんくせしてから……」

むすっと顔をゆがめてふてくされれば、喉を鳴らして笑いつつ、照映がおおきな手のひらで髪をかきまぜてきた。

「ま、たしかにそういうシチュエーションにはぴったりの場所だよな」

「ふん。好きなだけばかにすればよかろ」

「してねえって。おまえのそれも職業病みたいなもんだろ。なんなら先生に、取材許可とってやろうか？」

「……それはお願いシマス」

まだなんとなくむくれてはいるけれど、チャンスはありがたくいただいておく。ぺこりと頭をさげれば、ぽんぽんと頭をたたかれた。

「暇すぎて考え事しかすることなくなったんだろ。……せっかくのクリスマスに、こんなんで悪かったな」

「べつに。逆に、ネタになりそうな場所いってきますって言うたけん、仕事納め直前でも休みもらえたし」

ふだん見られないパーティーを垣間見《かいまみ》ようと思っていたけれど、まさか本当に使えそうなネタが浮かぶとは思わなかった。そう言って未紘が笑うと、照映も苦笑する。

「ああ、年末進行だっけか。編集さんも大変だ」

「違う違う、年末進行はもう終わっとる。印刷所さんが休みにはいるまえに作業すませとかんといかんから」

「なるほど。おまえの担当してるやつは片づいたのか？」

「……まあ、おおむねは……」

年明け早々修羅場になりそうな進行の遅い作家を思いだし、未紘は遠い目になった。慰めるように髪を撫でられ、「あんま撫でるとセット乱れる」とわざとむくれてみせる。

「照映さんはもう、よかと？　お客さんの相手」

「ああ、やっと休憩もらったんで、一服しにきた」

残りは久遠に押しつけた、と笑いながら、愛飲している煙草《たばこ》をくわえる。火をつけ、うまそうにふかしながら目を細める姿はさまになっていて、未紘はぼんやりと見ほれた。

会話が途切れ、静かな夜に照映のくゆらす紫煙だけが流れていく。こういう無言の時間は、彼とならば苦ではない。どころかむしろ、好きだった。

たぶんこのさきもお互いの仕事のせいで、恋人らしいクリスマスはないだろう。それでも充分、幸せだ。なにより、いまさらイベントごとに一喜一憂するほど浅いつきあいでもない。

「ふふ」

「なんだよ？」

「なんでんなかでーす」

にこにこしながら照映を見あげていると、なんなんだ、という風に眉をあげた彼が、ふっといたずらっぽく微笑む。そうして一瞬だけ背後を見やり、顔を近づけてきた。

(あ)

くるな、と思った次の瞬間、唇が重なった。あちらから見えはしないかと思ったけれど、この明暗差なら問題はないだろう。軽く吸われて、返して、いちど離れ、もうひとたび口づける。

「……メリークリスマス」

「あははは。メリークリスマス」

すこし苦いキスのあとに、同じくらい深みのある声でささやかれ、照れくささに笑った。

「休憩、もどらんでよかと?」

「まだしばらくは平気だろ」

手すりにもたれた照映が「食い物持ってきてるし」と、暗がりでよく見えずにいたテーブルを指さす。サンドイッチやローストビーフがてんこもりのそれは、この冷えた空気のなかではあっという間に乾いてしまいそうで、「はよ食べたら」とうながした。

「ついでにこれ、羽織っとけよ」

渡されたのは大判の毛布だった。ベランダで食事をとる際などに使うため、すぐ近くの棚に常備しているのだという。軽いけれど質のいい毛布にくるまり、あたたかさにほっとしながら問いかける。

「ていうか、おれがここにおるの、ようわかったね」

「見えてた」

答える照映も寒かったのか、無造作に毛布を羽織って持ってきたサンドイッチにかぶりついた。ちゃっかり保温タイプのコーヒーポットまで持ってきていて、うまそうにそれをする。

そういえば、雑に見えてもともと所作のきれいな男だった。ふと未紘は問いかける。

「照映さんって、もしかしていいとこのおぼっちゃん？」

「なんだそれ、いきなり」

「なんかこう……こういうとこ慣れとる気がした。仕事だから、ってだけじゃのうて、空気になじんどる？　っていうか」

口にして、あらためて気づかされる。さきほど、女性たちに囲まれている照映を見た際に感じたもやもやは、単純なやきもちというより、疎外感のほうが強かった。

現代の日本で身分制度はないと言うけれど、それでもどこかステージの違う場所で生きているタイプの人間は確実にいる。今回のパーティーではその種のひとびとが多く集まっていて、たぶん個々として知りあえば、さきほどの老婦人のように、ごくふつうに交流することもできるのだろう。

けれどひとつの群れとなった際、異分子である未紘は、彼らの目には止まらない。これは、あちらに悪気があるのでも、未紘が必要以上に気後れしているからでもない、ただ単にチャンネルがあわないような、そういう空気があるのだ。

「うまく言えん……けど、なんかここは、おれのいる場所じゃない、て感じがすごい。あ、ひがんどるのとは違うよ？」

「はは、わかってる」

わかるのか、と目をしばたたかせれば「わりとこういうセレブの世界って独特だからな」と、照映は煙草をふかしながら言う。

「接待対応してる社員の連中なんかはさておいて、人生で一度も働いたことのない――ひとに使われたことのないひととかも、ざらにいるからな。そういう肌感覚は、コッチ側から見りゃすぐわかるが、アッチからはわかんねえもんなんだ」

ちなみにおれはコッチ側、と片頬をゆがめて照映は笑う。

「お客さん――取引相手にしても、顧客にしてもな。いいとか悪いとかじゃなくて、生まれてからずっと、違う水飲んで違うもん食って生きてきてる感じがあんだよな」

「ああ、それ！　そんな感じ！　なんか違う！」

うまく言葉に落としこめなかったことが、照映の発言で飲みこめてようやくすっきりする。そしてふと、思った。

「あ、でも……あの空気って知ってるな、とも思った」

「うん？」

「慈英《じえい》さんはもっと、アッチ側って感じする」

なにげなく言ったつもりの言葉だったが、照映が目をまるくしたので驚く。

「な、なんかおれ、へんなこと言うた？」

「いや……おまえほんと、鋭いな。たしかにそういう意味じゃあ、秀島の本家も違うもん食ってる空気あったわ」

ふむ、と顎を撫でながら照映がうなずく。

「たしか、鎌倉《かまくら》にご実家あるんだっけ？」

それだけでずいぶんなおうちではないだろうか、と未紘が問えば、「……秀島んちはちょっとなあ。いやうちは分家筋だからたいしたことねえんだけど」と、照映が口ごもる。

「まさかほんとにお大尽《だいじん》さん？」

「素封家《そほうか》ってほどじゃねえんだけど、総領の本家は代々鎌倉で土地持ってて……って言えば想像つくか？」

つきまくった、と未紘はうなずいた。

「そういえば照映さんと慈英さんて、いとこ筋よな。父方？　母方？」

「あー、おれから見れば父方、かな。あいつの母親と、俺のオヤジが姉弟。んで、姉ちゃんが家継いで、婿もらってできたのが、慈英……って、こんな話してもしょうがねえか」

「そんなことない。聞きたい」

これだけ長いつきあいで、いまさらそんなことを知ったのが逆に驚きだ。もともと照映が自分のことを語らないタイプだったし、未紘も核家族育ちで親戚づきあいというものを意識してこなかった、というのはあるかもしれない。

「照映さんのことなら、なんでも興味深いですよ」

「なんでいきなり丁寧語だよ」

笑って、照映がくしゃくしゃと頭を撫でてくる。逆の手で二本目を取りだし火をつけたあたり、休憩時間はまだあるということだろう。

「うちのオヤジは仕事であちこち飛び回る状態だったし、家族が暮らすほかにも、仕事に便利だからってマンション借りてたくらいでな。わりとちょいちょい、引っ越したりもしたんで、家ってものにそもそも執着がねえんだが……あいつの母親は、鎌倉の実家を絶対に出たがらなかったらしい」

「思い入れとか、あらしたとかな？」

「思い入れっつうより……まあ、でけー家なんだわ。ガキのおれからすれば、古いし広くて不便なうちだな、としか思ってなかったけど」

やっぱりたいした家のようだ。興味深さ半分、不安も半分で、未紘は問いかける。

「でっかい家とかって、跡継ぎ問題とか、ないわけ？」

「おれもむかしばなしでしか知らんが、本家のほうではかなり揉《も》めたこともあったらしい。それこそミステリーのネタになりそうな、遺産問題でな……そりゃあどろどろの」

「どろどろ……」

これは詳しく聞かない方がいいかもしれない。なんとなく上目遣いでうかがうと、照映も無言でかぶりを振った。未紘もうなずく。

「そこで親族のごたごたにうんざりして、本家を飛びだしちまったのが秀島の……おれと慈英のジイサンらしい。その辺もあったもんで、おれのオヤジも『自分らの好きにやれ』ってタイプなんだけどな」

言わんとした言葉を未紘は引き取った。「慈英さんのお母さんは違《ちご》た?」照映はため息をつく。

「うちのオヤジと違ってごたごたの記憶がはっきり残ってたぶん、『追いだされた』って感覚が強かったみたいで、やたら本家に張りあってたよ、むかしはな。いわゆる、熱心な教育ママってやつで、立派な子どもに育ててみせます!ってな。……けどその肝心の子どもが」

「……慈英さん、か」

未紘はなんともリアクションに困るな、と苦笑いをしつつ、「いまは?」と水を向けるにとどめた。

「そこはお察しだ。とりあえず幼稚園くらいから私立の厳しいとこにぶちこんじゃみたが、ひとり息子がああなもんで……こう言っちゃあれだが、途中で投げた」

「あのひとにエリート学校で規律正しく、とか……たしかに、むずかしそう」

「むずかしいなんてもんじゃねえよ。正直、慈英も大変そうだとガキのころ思ってたが、いまとなっちゃ、伯母《おば》さんがさじ投げたのもわからなくはねえわ」

英才教育をほどこそうにも、とにかく慈英は自由人だった。IQも高く、学業的な意味では幼いころからずば抜けてはいたが、ひとと足並みをそろえるのがあまりに苦手すぎた。

「ふらふらどっか行っちまうのはむかしっからで、気が乗らなきゃサボる、休む。高校にはいって行動範囲が広がったあたりから、気づけば数日家からもいなくなって旅してた、なんてこともあった」

「……自由すぎらすなあ、慈英さん……」

「むしろこの数年、長野に落ち着いてたほうがおれらにとっちゃ驚愕《きょうがく》だよ」

彼の母親としてはできれば公務員などの安定した職か、そうでなくとも一般企業勤めを……と望んでいたらしいのだが、慈英は生粋《きっすい》のアーティストだった。

「一応フォローしとくが、それでも芸大にいくの許したし、学費だって画塾の費用だってちゃんと出した。あいつの放浪癖《へき》にもあきれちゃいたが、べつにいがみあってるわけでもねえよ？　ただ、肉親っつっても人間同士だ。どっちが悪いじゃなくって相性ってのはある。当然、距離置いたほうがいいパターンだってあんだろ」

「うん、それはわかるかな。慈英さんて、自分がこうと思ったら絶対譲らんでしょ」

照映を通じての知り合いという浅いつきあいながら、なんというのか、慈英はただただ「ひとり」でいるような人間なのだと未紘は思っている。

穏やかでやさしいのも事実だが、それ以上に強烈に自我の強い人間だというのが、仕事で挿画の依頼をした際によくわかった。

「にこにこしとらすけど、根っこのとこまーったく、一ミリもひとの言うことききくひとやなか。作品に出とるよ、そこは。きれいかけど、まったくぶれん。ていうか、ぶれなさすぎて怖い」

「……さすが、よく見えてんなあ」

あそこまでの強烈な天才肌はめずらしいが、小説家でもイラストレーターでも、創作する人間には特有の空気がある。慈英は未紘が知る『作家』のなかでも、そういった空気を濃縮して煮詰めたようなタイプだと思えた。

「クセのあるひと、この仕事でいっぱい会うたけど。いろんな意味であのひと、モノが違う」

「ま、だから世界にまで飛びだしちまうんだろうけどな」

「そうかも。……小山《こやま》さん、だいじょぶかな？」

長野で刑事をしている、慈英の恋人、小山臣《おみ》。未紘も幾度か会ったことがある。とんでもないレベルの美形で、もう出会ってから何年も経《た》つが、その美貌はいっこうに衰えることもない。

「まあ無事、籍も入れたみたいだし。落ち着いたんじゃねえの」

「そこに至るまでに死にかけたりなんだりするあたり、あのふたりらしい……て言ってよかとかねえ……」

はあ、と同時にため息をつく。とにかく慈英と臣は――臣の職業柄しょうがないのかもしれないけれど、危うげな事件に関わることがあまりに多い。

「アメリカでうっかり強盗とかあったりせんかな」

「ＶＩＰ扱いで行くだろうし、セキュリティも万全のとこにしたってエージェントのおねえちゃんが言ってたから、平気じゃねえの」

「おねえちゃんて……照映さん、本人に言うたら訴えらるっよ。セクハラ本家の国のひとやけ」

「だから本人のいねえとこでしか言わねえよ」

かかか、と笑う照映は、せっかくきめたスタイルでいるというのに、素のオヤジ発言まるだしだ。台無したい、とぼやいてみせつつも、未紘はこういう飾らない照映がいちばん好きなので、けっきょくは笑ってしまう。

「ああ、世界と言えば、イタリア出張はどうだったよ？　ちょっと前に行ってきたんだろ」

「あ、もうね、それがね！　すごかった！」

うきうきと、未紘は話したかったことを話題にされて目を輝かせる。

イタリア行きのきっかけは、現在担当しているキャラクター文芸系の若手作家が、ヒットを飛ばしたことだ。地元密着型青春ホラーミステリーにＳＦファンタジーテイストもくわわった、ある意味ネタ盛りまくりな作品は発売後から評判となり、シリーズ三冊目でアニメ化と実写映画化が同時に決定。メディア戦略もうまくいき、未紘はこの年末に社長賞をもらうことになった。

その作家が「あれは地元密着が売りだったけど、次のは日本を出て活躍させてみたい」と、イタリア取材を打診。むろん個人で行ってもいいが、担当さんとは細かく相談したい。また海外ははじめてでさすがに不安、できれば同行してくれないか……という話を受けた。

とはいえ未紘もイタリアに詳しいわけではなく、同じ部署の上司で、海外になれている編集者とでサポートする旅となったのだ。

「よくわからねえんだが、作家さんってのはそんなに何人も連れて取材に行けるもんなのか？」

経費かかるんじゃねえの、と自身も経営者らしいコメントをする照映に「もちろん、そうそうないよ」と未紘は笑った。

「今回は特別。てか、そういうことなら、毎年ローマで開催されるアニメコミックイベントに時期あわせようって話になったわけ。ほかの作家さんとか漫画家さんもいっぱいいらっしゃって、毎回、現地でサイン会もやってるし。で、おれらだけ帰国の日程ずらした感じ」

「あーなるほどな」

「日程もそんな取れんかったから、取材の下見って感じだったけど、おもしろかった」

ものの ついでだと、有名観光地もいくつかまわった。フィレンツェではそれこそヴァザーリの回廊から、宝飾関係では有名すぎるほど有名なポンテ・ヴェッキオにも寄ったと告げれば、照映がにやにやしながら「どうだった」と水を向けてくる。

「えっと……正直なこと言ってよか？」

「おう」

「……並んでるブランド名の看板に対して、店が地味でびっくりした……」

日本の銀座や、パリのヴァンドーム広場、ロンドンのナイツブリッジなど、世界各所で高級店の並ぶショッピング街といえば、最新鋭のデザイン建築だったり、もしくは歴史ある建物だったりとかまえは様々なれど、どこもここも見るからに華やかなものばかりだ。

ところがポンテ・ヴェッキオに並ぶ店の外観は、たしかに歴史は感じるけれど、質素というか、なんというか。ちょっとだけがっかり感を覚えたのがうしろめたく、口ごもる未紘に、照映はあのにやにや笑いで見透かしたように言った。

「地味っていうか、古くさすぎて、正直ブランド店とは思えなかったろ」

「うん……」

歴史的建造物たちに対して失礼ですみません。そんな気持ちでうつむくと、額《ひたい》をぺちんとたたかれた。

「まあ、そもそも名前が名前だからな。ポンテ・ヴェッキオは、まんま『古い橋』って意味だ。それにもともと、あの建物が最初に建ったころ……つっても何度か建て直されてるが、現在の形になった十四世紀ごろには、精肉店が集まっていたらしい。けどその後、十六世紀ごろか。ヴェザーリの回廊を愛用してたフェルディナンド一世の命令で、別の場所に移動させられた」

さらさらとよどみない説明に感心し、「へえ！　知らんかった」と目を輝かせた未紘へ、照映があきれたように口をゆがめる。

「おい、この程度は基礎知識だぞ。ガイドとかついてなかったのかよ」

「取材のメインと違ったんで、どこもここもざっと見るだけだったけんが……」

作家の目当てはヴェネツィアであったため、それ以外の場所についてはぎゅうぎゅうのスケジュールで移動しての短い観光だった。なによりイベントでばたばたして、ろくに下調べもできなかったと言い訳するのも気まずく、未紘は話を戻す。

「それで、なんで宝飾店になったんね？」

「フェルディナンド一世は宝飾がお気に入りで、輝石《きせき》製作所まで作るくらい好きだったらしい。まあ、なんつってもメディチ家だから、金はうなるほどあっただろうしな。自分の歩く足下《あしもと》にはお気に入りのものを置きたかったんじゃねえの？」

その辺はおれの憶測な、と照映は笑う。現地に行くよりよほど細かい話が聞けたと未紘は満足げにうなずいた。

「今度作家さんにも教えとく」

「おい、おれのは仕事ついでに仕入れた雑学ネタだからな。ちゃんと細かいことは調べろよ」

「わかっとるよ。けど入り口にはなるしね」

正直、足を運んだ際にはあまりの地味さに驚いたくらいだったけれど、それも連綿と連なる歴史のうえに成り立ったものだと知れば、納得だ。なにより、補修は繰り返しているにしても、七百年も同じ姿のままでいるというのが、木造建築の多い日本ではあまり考えられない。

「今回はローマがイベントだけで終わって、すぐヴェネツィア移動だったけん、ちゃんと見に行きたいって話だったし。次回があればもうすこし勉強していく」

「おう、そうしろ。ローマはすげえぞ。紀元前に作られた建物やら、古代エジプトから運ばれてきたオベリスクだのなんだのが、そこらじゅうにある。十世紀ごろの建物が新しく感じるくらいで、時間の感覚がおかしくなる」

すべての道はローマに通ず、という有名な言葉があるけれど、あれが本当に『ローマからの進軍の際に道を作りながら行ったから』だと未紘が知ったのは、恥ずかしながらだいぶ最近のことだった。その道がまだ、現在でも使用されているという。

「ていうか、照映さんいつの間にイタリアとかいっとったん？」

「まだ若いころ、本場で修業がてらいろいろ見てこいって言われてな。先生が短期留学させてくれたんだよ。数ヵ月だったけどな」

楽しかった、と笑う照映はまだ充分に若いと思うけれど、やはり二十代のころとは違う、と彼は言う。

「きょうも一日立ち仕事で疲れたわ。むかしはこの程度、なんてことなかったけどなあ」

「――とか言うけど、もともと照映は疲れが出やすいじゃん？　おれより」

「おわ！」

「びっくりした、久遠さん！」

「ふたりだけサボってずるいよね～仲間にいれてよ」

まーぜて。子どものような声を出して割りこんできたのは久遠だった。手にはさきほどの照映が持ってきたのよりさらに大盛りの食料たち。もう片手にはなんと、ハーフとはいえボトルごとシャンパンを摑んでいる。

「それこそ客、どうした」

「もうぼちぼち引き上げはじめてるよ。営業さんらが送り出しにかかってる。あとは社員だけの二次会になるから、いったん休憩タイムです」

だからこれくらいいいよね、と言った久遠が、ハーフボトルに直接口をつけて、勢いよくごくごくとやりはじめた。未紘はぶはっと噴きだす。

「なんっ、もう……よか男が台無しっちゃろ……！」

「イイオトコはなにしてもサマになるだろ？」

瓶に口をつけたままウインクされ、未紘は笑いが止まらなくなる。

「照映さん、なんか言うて」

「こいつになに言っても無駄だろうがよ」

「さっすが照映、よくわかってるぅ」

あはは、と笑う久遠を相手に、未紘と照映はふたりそろってやれやれとかぶりを振るしかない。

「思ったっちゃけど、照映さんのまわりに自由なひと集まるのって、照映さんが呼びよらすとかねえ」

「おれは呼んでねえし、そんなヘンなのばっかじゃねえだろ」

「いや、慈英さんと久遠さんふたりいれば充分と思う。濃度っちゅうか密度的に」

「あははぁ、ミッフィーってさりげに毒吐きだよね」

このやろう、と頭をぺしぺしたたかれたあとに、首をホールドされる。やめてくださいと笑いながら、なつかしい空気が嬉《うれ》しかった。

まだ右も左もわからなかった学生時代、このふたりにこうして挟まれ、たくさんかまってもらっていたことを思いだす。あれから何年も経って、未紘は社会人になり、彼らと集う機会は年々すくなくなっていた。

それでも、こうしてそばにいる時間には、変わらず接してもらえる。本当にありがたい。

「はあ、ミッフィーあったかい」

「毛布がぬくいんでしょうが。ていうか久遠さんちゃんと上着着たらどうですか」

「そうやっておれのこと追いだして、ふたりでいちゃいちゃするんだろー？　いやらしい」

にやにやする久遠に照映は煙草をふかしながら「アホか」と吐き捨てるが、さきほどちょっとだけいちゃついた自覚のある未紘はわずかに赤くなって黙りこむ。

「あれ？　ナニ？　ほんとにいかがわしいことしてたの？」

「しとらんです！　あっあっ、そういえばあの！　訊きたいことあったんですけどっ」

追及してくる久遠の気をそらそうと、未紘は声をあげる。

「あからさますぎだよミッフィー……まあごまかされてあげる。なに？」

「さっき、『にのまえかずえ』さんっておばあさんに話しかけられて、社長によろしくって言われたんだけど……あのひと、ナニモノ？」

「はっ!?」

適当にお茶を濁すための問いかけで照映と久遠が同時に目を剝《む》き、未紘は一瞬たじろいだ。

「な、なんかすごかひと……？」

「すごいもなにも、おまえそれ……もう引退なさったけど、経済界の裏の立役者って言われたプランナーさんだぞ……」

「おれらでも、そう軽々と話しかけらんないひとよ？」

まさかそこまでの人物とは想定しておらず、未紘は「えええ!?」と声を裏返した。

「赤坂のホテルとか、某テレビ局とか、あの辺の設計企画から立ち上げのプロジェクトから関わってて。そのころ一緒にやってた面々が、いまじゃあちこちの企業のトップなんだよ」

要するに、照映たちでも話しかけるのはためらうほどエライヒトだ、ということだ。未紘はますます青ざめた。

「ど、どげんしよ……おれ、ようわからんまま、名刺渡したっちゃけど……失礼かった!?」

「いや、まあ、気にいられたんだし、いいだろ」

「ただそのうち、社長からなんか言われてもふつうに対応しようね」

にっこり笑う久遠のうつくしい顔がなんともおそろしく「ひい……」と情けない声をあげるほかない。

「おまえ、たまに大物つりあげるよなあ」

しみじみと言う照映に、久遠がにやあ、といやな笑いを浮かべた。

「つりあげられた第一村人がなに言って……あっ痛い、痛いって、蹴《け》るなよ照映!」

「誰が村人だ、アホ」

「ていうか照映さん、おれまで蹴ってるって!」

久遠がおぶさって離れないため、流れ弾を受けている、と悲鳴をあげながら未紘は笑う。

「いつか、みんなで旅行いきません? イタリア」

「いいねえ。でもなんでイタリア?」

さきほどまでの話を知らない久遠が、肩越しに覗きこんでくる。「自腹だとエコノミー一択だぞ」と照映が言い、「シャチョーけちくさい」と久遠がブーイングする。

「研修旅行ってことで落とそうよ」

「いまさら落とせるわけねえだろ。つか休みどうすんだ」

「そこもシャチョー権限で」

「適当言ってんじゃねえよ！」

本気なのか冗談なのかわからない言いあいが頭上で交わされるのを聞きながら、久遠の長い腕のなかで未紘は笑い続ける。

まったく大人げない大人たちだ。それでもこのふたりが未紘は大好きで、彼らとこうやっていられれば、冷えきった冬の夜すらあたたかく感じられる。

聖夜というにはにぎやかすぎるけれど、それでも、いいクリスマスだ。

冴えきった夜のなかに、笑う未紘の口からこぼれる吐息が白くにじんで、溶けていった。

一位の実が爆ぜるまえに

夕刻からのぼった月は、まるくうつくしく輝き、静かに山間《やまあい》の町を照らしていた。

お囃子《はやし》の音色と威勢のいい和太鼓のリズムを耳にしながら、小山臣《こやまおみ》はほろ酔いに火照《ほて》った頰《ほお》を風にさらし「気持ちいいなあ」と目を閉じる。

「まさに、中秋の名月って感じだな」

「それって本来は旧暦八月のことだったらしいですよね」

「細かいことはいいって」

眠気、というには弱いけれど、ふわふわとしたまま、まどろみたくなる心地で隣の広い肩に頭をもたせかけると、静かな声が相づちを打った。

「やっぱり空気がいいですね、ここは」

「そんな違うもん？」

「ええ、酸素が濃い気がします。緑が多いせいですかね」

それとも気分的なものかな。しみじみとつぶやく彼——秀島慈英《ひでしまじえい》の言葉は、臣のそれ以上に感慨深げだった。

十代のころから若手天才画家として有名だった彼は、最近では大都会、ニューヨークの超高級高層マンションに拠点を置き、日本に戻ってきても大抵は東京で仕事、という多忙なスケジュールをこなしている。

長野県の山間に位置する、人口は約千人というちいさなこの町は、かつて、臣が駐在所員としてつとめていた場所だ。そしてそれを追いかけるようにして住まいを移した慈英とともに一年とすこしの時間をすごした。

さまざまな思い出のあるこの田舎町《いなかまち》に彼が来るのは、ずいぶんとひさしぶりのことだ。

市内にある自宅にはたまに戻っているとはいえ、臣もまた刑事という職業柄、そうそう彼に時間をあわせられるわけでもない。事件の一報がはいれば、けっきょくは非番であろうと駆りだされることも多いからだ。

奇跡的に当番そのほかのスケジューリングがうまく行き、恋人の帰郷にあわせて連休をとれたのは本当に幸いだったと、臣は満足の息をつく。

「ふふふ」

「ご機嫌ですね、臣さん」

「そりゃね、隣にこんないい男がいますから？」

ふざけて、けれど限りなく本音に近い言葉を漏《も》らせば「なにを言ってるやら」とすこしだけあきれた顔で彼は笑う。けれど、その目はどこまでもやさしい。

「祭り囃子、こんなとこまで聞こえるもんなんですね」

「ああ。スピーカー使って流してるからな。この時間のだと、たぶん録音のやつかな」

かつて臣がこの町に赴任していたころ催された、あの夏祭りよりもずっと規模のちいさな、月見を兼ねた収穫祭。観光客などほとんどおらず、町民のみで企画したささやかな祭りだけれど、賑《にぎ》やかな気配といい酒のおかげで、充分浮かれた心地になれる。

招いてくれたのは、町の顔役であり臣たちと親しかった丸山浩三《まるやまこうぞう》だ。

——ちっちぇえ祭りだけどよ、暇があるならこねえかい？

任期を終え、町を離れてからもあの青年団の団長とは、交流が続いていた。慈英はもっぱら海外にいるため、たいてい連絡をとるのは市内に戻った臣とだったけれど、電話やメールのみならず、まれに季節の野菜や、手打ちそばなど町おこしの名産品を送ってくれたりもした。

——公務員さんにモノ送っちゃなんねえのは知ってるけどよ、大月《おおつき》のばあちゃんが『実家』からのお裾《すそ》分《わ》けくらいならかまわねえだろ？　ってさ。

添えられた言葉に、臣がひっそり目頭《めがしら》を熱くしたのは慈英だけが知っている。たましいのふるさと。そんなふうに思える場所で、それこそ招いてくれた浩三の広い家の庭先、縁台に座って酒を飲む。

（いい月だ）

慈英の精悍《せいかん》な横顔が月光に照らされているのを、すこし寄りかかった体勢で見あげる。臣にしてもひさしぶりの完全な休暇、それも伴侶《はんりょ》となった恋人つき。ふわふわしているのは、アルコールのせいばかりではないことなど、わかりきっている。

「お祭りの出し物、何時からでしたっけ」

「七時だったかな？　あと小一時間くらいはある。いまごろはたぶん、盆踊りやってるひととか集まってるんじゃないかな」

祭りの本会場である公民館の広場では、すでに屋台が張られ、昼間に練り歩いていた子ども神《み》輿《こし》の担《かつ》ぎ手がお菓子のねぎらいを受けているころだ。

「臣さんは見に行かなくていいんですか？」

「和太鼓の演奏とかはもっとあとだし、そもそも浩三さんもまだそこに……」

ふと言葉を切り、臣はちいさく噴きだした。「なんです」と慈英が首をかしげる。

「いや。まえにこの町で祭りになったときは、お囃子聞いてるどころの騒ぎじゃなかったと思ってさ」

「ああ……壱都《ひとつ》がさらわれたり？」

「そうそう、浩三さんや町のひとたちで山狩り状態で捜索したり」

「三島《みしま》もあのときは、ひどい目にあってたよなあ……」

いまはもう解体されてしまったが、長野県内では『光臨《こうりん》の導《みちび》き』というけっこう有名な新興宗教が存在していた。その教祖——信者であった教団内部の人間の言葉を借りるなら『代表主査』が、事件当時はまだ弱冠二十歳《はたち》だった上水流《かみずる》壱都。

少年とも少女ともつかないようなうつくしい姿をした壱都は、先代であった母親、上水流いち子が亡くなったのち、組織の代表となった。だが、その座を狙《ねら》っていた幹部連中にクーデターを起こされ、側近だった三島慈彦《しげひこ》とともに逃亡生活を送る羽目になり、この町へ逃げこんできた。

その三島は慈英の大学時代の同期であり、かつては慈英の才能に嫉妬《しっと》するあまり臣も絡《から》めて面倒を起こしたりと、なかなかの因縁深い相手だったのだが、壱都との出会いで別人のように変わった彼とは、クーデター騒ぎを通して奇妙な戦友じみた状態に落ち着いている。

当時は相当緊迫した状況だったし、一部は地方メディアとはいえ新聞報道もされた事件だったというのに、笑いながら言う自分が不思議だった。アルコールに思考がゆるんでいるのか、それとも、この町の空気のせいだろうか。

駐在の任を解かれ、県警に戻ったせいで、よけいに感じる。長野市内から車で二時間程度の距離だというのに、ここは空気どころか時間の流れすらもすこし、違うような気がするのだ。たくさんの物事が起きて、傷ついたひともたしかにいて——それでも堅実に生きるひとたちのいる町。

そのたくましさが、ささくれた心も静かに癒やしてくれるのかもしれない。そんなふうにも思ったけれど、口に出すのは野暮《やぼ》な気がするから、臣はただ、笑った。

「なんか、こうしてるとあのときのことが嘘みたいですね」

「ほんとになあ……。知ってる？　この町でここ最近で起きた事件でいちばんひどかったの、ハクビシン対策で仕掛けた罠《わな》に捕まったのが、近所の飼い犬だったたって」

「罠って、大丈夫だったんですか、その犬」

「いや、めっちゃシンプルな仕掛け罠だから危険じゃないよ。ボックス型の罠網《わなあみ》のなかにエサ置いて、はいったら閉じこめられちゃうやつ。しかも逃げられなかった理由がひどかった……その犬、近所でも評判の食い意地張ったヤツだったんだ」

「……まさか、太りすぎて？」

「そう。暴れたせいで網が壊れて絡まって、エライ悲愴な顔で鳴いてたって。駐在さん呼んでこいって騒ぎになったって、嶋木《しまき》がげんなりして電話かけてきた」

現駐在所員の名前をあげると、「ああ、もともと臣さんの後輩なんでしたっけね」と慈英がうなずく。

「あいつ、犬だいっきらいなんだよな。むかし嚙《か》まれたとかで。泣きながら『駐在ってこんなことまでするんですかぁ』って」

けらけらと笑った臣に、慈英は「苦手なものを笑ったら可哀想《かわいそう》ですよ」とたしなめる。けれどその口元はわずかに歪《ゆが》んでいて、このやろう、と臣は小突いた。

「まあ、いまは駐在でもないし、完全にお客さんだからな。あのころは祭りのたびに警邏《けいら》してたけど、今日はおかげさんで酒も飲める」

手にした缶ビールをかたむけ、ぐびりと喉を鳴らす臣に、傍らの男は「なんだかんだ、いろいろと賑やかでしたからねえ」と感慨深げにつぶやいた。

「強盗犯の潜伏だの、誘拐だ監禁暴行だの、組織ぐるみの麻薬栽培だのを、『賑やか』ですませていいもんかね、秀島さん」

「堺《さかい》さん」

ひょいと顔を出した年配の刑事——臣の上司であり、長年親代わりになってくれている堺和宏《かずひろ》は、片手に日本酒の瓶、もう片手にグラスをふたつさげて、縁側に座るふたりを見下ろした。

「おう、飲んでるかー？　臣ぃ」

「堺さんは……って、聞くまでもないですね、その顔色じゃ」

ばしばしと肩をたたかれつつ、臣は苦笑する。「まあ飲め」と酌《しゃく》をされそうになったけれど、

「おれはこっちで充分です」と飲みかけの缶をあわてて見せた。悪い酔いかたはしないのだが、とにかく堺の酒はきりがない。彼のペースにあわせていれば確実につぶれる。

「なんだ、つきあいの悪い。なら、秀島さん……おっと、小山さんか」

「はは。秀島でいいですよ、雅号ですし」

「ならそう呼ばせてもらいます。なんかどうも『小山』って名前にさんづけはねえ」

臣の親代わりである男は、苦笑を浮かべながら「ま、ひとつ」と酒瓶を掲げた。

「ちょうだいします」

にこにこと勧めてくる赤ら顔の堺に愛想よくこたえた慈英は、なみなみと注《つ》がれた酒のグラスを軽く掲げたあと、勢いよくなかばほどまであけた。とたんに酒瓶の追撃がくるけれど、勢いあ

まって手元にこぼして「おっとっと」などと、酔っ払いまるだしで堺は笑った。

「ちょっと堺さん。そっちはおれと違って、明日の午後から仕事なんでしょ？　そんなに飲んで、大丈夫です？」

「わーかってる、わかってる。おまえこそ、一応は主賓《しゅひん》なんだからもうちょっと楽しめ」

「主賓って言われてもねえ……皆さん、飲みたいだけでしょうに」

「なにを口実にしてでも楽しむのが酒だろうが」

開き直る堺に、「あーはいはい」と臣はいかにも適当な相づちを打った。

一応は『先生と元駐在さんの来訪を祝う会』として、祭りのまえに浩三の家での宴を開かれた形だけれど、その浩三自身、祭りを仕切るより酒の準備にばかり腐心していたと言い切っていたくらいだ。臣と慈英は要するに、飲み会の口実にされたようなものだ。

そもそも今回の休みがえらくスムーズに取れたのは「おれもついでに呼ばれたんだ」と妙にうきうきしながら言った堺の根回しのおかげだ。臣が駐在していた時代から、浩三とはすっかり飲みともだちになっているらしい。

「だいたい、浩三さんが仕事で市内にくるたび、一緒に飲んでんでしょ？　それでもまだ飲み会やるんですか。なんなんですか、仲良しですか？」

「サシ飲みと宴会は別腹だろうが」

「やな飲んべえだなあ……って、いらないですってば、おれはビールでいいって！」

にやにやした堺がご丁寧に持参したグラスに日本酒を注いでよこそうとするのを、臣はおおげさに身体《からだ》をよじって逃げる。

「なんだあ臣、上司の酒が飲めないってか？」

堺もまたわざとらしい言葉で煽《あお》ってくるのに対し、「アルハラはんたーい」と臣も笑う。こいつめ、と軽く小突いたあと、堺はふうっと息をついた。

「……いい月に、いい祭り。いい酒だ。本当にここは、いい町だ」

しみじみとつぶやく彼に、慈英は「ご機嫌ですね、堺さん」と微笑《ほほえ》む。

「ご機嫌にもなるさ。しがらみのない酒ってのは、最高にうまいんだぞ？　秀島さん」

「はいはい。存分になさってください。明日宿酔《ふつかよ》いでもおれは知りませんからね」

「生意気言いおって。……ま、おまえものんびりな」

へろへろと手を振って、また違う相手に酒を勧めに行く堺には、あきれ笑いを漏らすしかない。上司を見送り、ふと隣の男を見れば、慈英はさきほど堺に注がれた強い酒をすいと喉に流しこんでいた。

「……おまえ、そんな酒強かったっけ」

「ここにいるうちに鍛えられました。なにしろあの方々に揉《も》まれましたから」

「あー、ねー……」

ふ、と息をついてグラスをおろした慈英の視線のさきには、堺が歩いていった方——それこそ笑いながら水でも飲むかのように酒をやっつける、浩三ら青年団の面々がいる。

　今回の祭りでは十数人での神輿かつぎや和太鼓の演奏もあるため、勇ましい法被《はっぴ》に脚絆《きゃはん》姿だが、筋骨隆々《きんこつりゅうりゅう》とした彼らにはよく似合っていた。

「焚き火《たび》に祭り衣装、いい情景です」

「ほんと、絵になるよな」

　浩三の家にある庭——といってもその半分は畑になっているのだが、その一角にはおおきなやぐらが組まれ、火が焚かれている。秋口といってもこのあたりはけっこう冷えるため、男衆は焚き火を囲んで、暖をとっていた。臣は厚手のカットソーにパーカージャケット、慈英もセーターといった秋冬仕様の出で立ちだ。山の空気の冷たさに、防寒してきてよかったと思う。

　木材がいい音を立てて爆《は》ぜている。夏に行われる火渡りの儀式をはじめとして、基本的にこの町の神事は火にまつわるものが多い。

　慈英はこの昼間から、町のあちこちで見かけた光景を、最近愛用しているタブレット端末で楽しそうに撮影していた。

「そだ。撮った写真、見ていい？」

「もちろんどうぞ」

　渡された四角いタブレットの画面では、さすがは画家、と感嘆するような迫力の写真が何枚もおさめられていた。

これはさきほど撮ったのだろう、夜空に黒くそびえる山を背景に、あかあかと燃える炎、星に向かって吸いこまれていくような煙。炎に照らされた山に住むひとびとの顔は、猛々《たけだけ》しい迫力がありながら、同時に畏怖《いふ》さえ覚えさせるような、神秘的な雰囲気をもまとっている。うつくしく迫力のあるそれらに、臣は思わずため息をついた。

だがなかには、被写体に気づかれてしまったらしく、子どもらや青年団の面々にお茶目なピースや変顔をしてみせられて、一気にコミカルになってしまっているものもある。

「絵のうまいやつって、やっぱり写真もうまいんだなあ」

「最近のはカメラがいいからですよ。勝手にピントあわせてくれますしね」

謙遜《けんそん》する慈英に「むかしは携帯だけでもアレルギー起こしてたのにな」と突っこめば「はは、そうでしたっけ」ととぼけて笑う。

「そうでしたっけ、じゃないじゃん。居場所を知られんのいやさが高じての、携帯嫌いだっただろ」

アメリカに渡っても結局、慈英はふらりふらりとあちこちを歩き回るらしい。そのため、この端末にはGPS機能も搭載されているのだという。

「それが、こんなの持つようになるなんてな」

「こんなの、じゃありませんよ」

臣の言葉に微笑んだ慈英が、タブレットを長い指で撫《な》でる。そのやわらかい動きに、臣はどきりとした。

「大事なものですからね、ここや――臣さんと、おれをつなぐもの」

「……うん」

最近では離れている間、もっぱらスカイプやメールでのやりとりを中心にコミュニケーションをとっている。慈英はパソコン自体にはどうもなじめず、結果彼の仕事から海外での生活のマネジメントを一手に担《にな》うアイン・ブラックマンが、慈英と臣双方におそろいのこの端末を与えてよこしたのだ。

「むかしはね、ふらふらしているのが好きだった、というより……どこにも居場所がないような、そんな感じがしてました。自由だけれど、いつもどうにも、違和感があるというか」

けれど、臣と出会って、この場所に根をおろした。『ここにいる』ことが決まっているなら、自分がどこにいて捕まえられても気にならない。そんなふうに、慈英は語った。

「まあ、捕まえたのは臣さんですけど」

「なに恥ずかしいこと言ってんだよ」

「事実を言ったまでですから」

しれっとした顔をする男の肩に、軽く握った拳《こぶし》をあてる。痛い、と笑ってみせる横顔はたしかに、出会ったころよりもずっとおだやかだ。

「おれは、おまえの居場所になれたかな」

「もちろん」

「そっか」

臣は目を伏せ、広い肩に一瞬だけあまえるように頬を寄せ、すぐに離れた。さすがにすこし離れているとはいえ青年団の面々は同じ庭のなかにいるし、そもそも浩三の家でいちゃつくような真似《まね》はできない。

「……そういや、ここにいる間じゅう、いろいろするの不自由だったの思いだしたわ」

「たしかにね」

こっそり目を見交わして笑っていると、焚き火のほうから「おうい！」と浩三が声をかけてくる。

「おれら、ぼちぼち会場のほうに行くけど、先生たちはどうするね？」

「あっ、行きます行きます」

浩三に隆々とした腕を見せつけられながら「神輿いっしょに担ぐかい？」と誘われ、臣は顔のまえで手を振った。

「無理無理無理。おれは写真班ってことにしてください」

「ちょっと、撮るのは臣さんじゃないでしょう」

「監修ってことで」

笑いながら同時に立ちあがり、臣はふざけるふりで慈英の手首を摑《つか》み、駆けだした。

＊　＊　＊

公民館広場で行われる祭りの会場は、臣が思っていたよりも賑やかだった。

高く組まれた舞台櫓《やぐら》を中心につるされた電飾と提灯《ちょうちん》、上部の舞台ではこれから演奏するためのおおきな和太鼓が設置されている。敷地をぐるりと囲むようにテントが立てられており、一部は食べ物や酒を振る舞うための屋台、一部はそれを食べたり休憩するためのテーブルと椅子《いす》が設置されていて、めいめいが楽しそうにすごしていた。

「そんじゃ、おれらは行ってくるよ」

「がんばって、浩三さん！」

よっしゃ、とバチを持った腕をぐるぐるまわしながらやぐらへ近づいていく浩三を見送り、さてと臣は振り返った。

「それだとやぐらのうえは撮れないよな？　さすがに」

「一応、そういうちゃんとした撮影については、町の広報のひとが……あ、ほら、あそこ」

指さされたのは公民館の二階、休憩所という名の宴会会場になっているスペースだ。その窓から、かなり本格的な望遠レンズをつけたカメラを構えた、法被を着ている人影が見える。

「え……窓枠からあんなに乗りだして、だいじょぶか？」

「命綱、つけてるみたいですね」

「えっ、おまえ、そんなのよく見えるね」

電飾や提灯のおかげで会場付近は昼間のように明るいが、窓から身を乗りだした人物は宴会場の灯《あか》りが逆光となり、臣にはシルエットにしか映らない。

「だって法被の端がヘンにめくれて、あがってるじゃないですか」

「え、そう……かなあ?」

言われて目をこらしてみると、腰のあたりにナワだかヒモだかをくっているらしいのがわかった。

「すげえ、ほんとだ。なんで見えんの、あんなの」

「言ったでしょう、布のめくれ方が不自然だって。ただしわになってるだけなら、もうすこし下に落ちますよ」

画家の観察眼というやつだろうか。ディテールをよく見るくせがあるから、違和感にも気づくのかもしれない。

「慈英って、やっぱ警察にはいっても、すげえ使える人材になりそう……」

出会って以来何度も思ったことをあらためて口にすれば、「性格的に向いてないので、無理じゃないですかね」とあっさり言われる。

「ちぇ、ふられた」

「……本気で誘ってもいないくせして」

くすりと笑って、妙に意味深な声を出される。腰がやわく溶けてしびれの残るような、夜のにおいがする声音。この低いけれどあまい声にはいつまで経《た》っても弱い臣は「その声禁止」と軽い肘《ひじ》打《う》ちを食らわせた。

「その声と言われても、ふつうの声ですが」

「うそつけよ、絶対わかってやってんだろ」

もう一発肘打ちをお見舞いしたのち、「痛い痛い」と笑う慈英をわざと無視して、場内の端にいくつも立てられた屋台テントへと近づいた。

簡易式の会議用テーブルにはクロスがしかれ、宴会にはつきものの「ごちそう」がずらりと並んでいる。ここのテーブルはとれたて野菜の天ぷらに炊き込みご飯のおにぎり、名物のそば、煮付けにからあげに豚汁《とんじる》など、町の女性陣が腕によりをかけたとおぼしき品ばかりだ。

せっせと使い捨てのパックにそれらをよそっていた青年団の顔ぶれが、臣と慈英を見つけてにかっと笑った。

「おっ。先生と駐在さん……じゃねえな」

「ちょっと。いまの駐在はおれですよっ」

奥からにゅっと顔を出した嶋木が、制服に法被を羽織った姿のまま口を挟む。どうやら警邏で訪れたはずが、配膳の手伝いに駆りだされたらしい。

「まあいいや。元駐在さん、好きなの食ってってよ」

「わ、ありがとうございます。お代は――」

「いいっていいって。あんたから金とったら、浩三さんに怒られちまう」

「ええっ。おれはちゃんとチケット買ったのに！」

参加料金代わりのチケットをぴらりと広げてみせる嶋木に「あんたはまだまだ」と青年団の彼はしかつめらしい顔で首を振る。そのわざとらしさに臣は笑った。

「頑張れよ、嶋木」

「んもー小山さんは……はいはい、のんびりしてってください！」

「ほらいまの駐在さん、手ぇ動かせって」

ええー……とふくれてみせる嶋木を小突いているあたり、けっこうかわいがってもらえているようだ。

「じゃあ、駐在さん。炊き込みご飯と豚汁ください」

「あ、おれ、からあげとおにぎり」

「秀島さんまで、もぉ。ここでもらわなくても、宴会場いったら同じのありますよ？」

「外で食うのがうまいんじゃん」

ぶうぶう言ってみせつつ、慣れた手際で注文の品をパックにつめた嶋木に「楽しんでってください ね」と笑顔を向けられ、こちらも同じような表情を返した。

かつて駐在していたことがあるおかげで臣の健啖家《けんたんか》ぶりは有名なため、数歩歩くごとにあちこちのテントから「こっちもお食べ」「うちのも持ってけ」と食べ物を与えられる。いかにも家庭料理といったものから、屋台の定番である焼きそば、フランクフルトなどの若干ジャンクなものもくわわってあっという間に両手はふさがり、慈英は苦笑しながら「一度、どっかに場所取らないと」と言った。

「どこで食べます？」

「あそこ、椅子とテーブルあるから食おうぜ」

どうにかふたりぶん、スペースの空いている野外テーブルを見つけ、もらったものをそこに並べた。公民館と灯りの角度の問題で妙に暗い位置にあるせいか、ここだけひとがいない。

「食べきれますかね」

「さっきは酒だけでほとんど食ってないから、余裕余裕」

臣の言葉に笑いながら慈英が早速おにぎりにかぶりつき「なつかしい」と表情をほころばせた。

「これ、大月のおばあちゃんの味ですね」

「あはは、相変わらず現役で炊きだし班なんだな。こっちの豚汁は……たぶん、尚子《なおこ》さんのだ」

秋風にすこし冷えた身体には、熱々の豚汁がありがたかった。自家製味噌《みそ》の味を覚えてしまうほど、たくさんのひとに世話になっていたのだな、としみじみ思いながら、なぜかじわっと目頭が熱くなる。

「……臣さん？」

「いや、へへ。豚汁熱いから、目にきた」

軽く鼻をすすると、気づいた慈英がすこし心配そうに見つめてくる。「里帰りってこんな気分なんかなーって思ってさ」と本音を漏らせば、彼はやさしく笑った。

「そうかもしれないですね。……妙な気分です。すくなくとも十八まで暮らした実家より、こっちの方がずっと『おれの町』という気がする」

「そっか」

静かであたたかな沈黙が落ちた。すこしだけしんみりとしながら食事を口に運んでいた臣は、背中――というより腰のあたりをなにかでつつかれたのに気づく。

はて、と振り返るがそこには誰もいない。

「え、な……に」

心なしか、妙なにおいもする。それから荒い鼻息。誰の姿も見えないのに、腰のあたりばかりをずいと押され――おそるおそる視線をすこし下に向けたところ、そこには、暗闇《くらやみ》のなか光を放つ一対の目があった。

「……っうわあああああ！」

驚き、椅子から転げ落ちた臣のあげた悲鳴は、会場中にとどろいた。一瞬和太鼓のリズムが崩れるほどの声量で、慈英すら助け起こすよりもぽかんとなっている。

「あの、臣さん……？」

「なっなっなにっ、なんか生臭いのが、お、おれのうしろ……ひえっ」

地面に転がった臣が混乱していると、その『なんか生臭いの』に髪の毛を摑まれる。反射的に目をつぶると、「ぶめえ」という、すこしマヌケな鳴き声が聞こえた。

「え」

「ヤギですよ、臣さん……」

助け起こそうと手をさしのべる慈英は、なにかをこらえるように唇を噛み、微妙に目をそらしていた。やぎ。無表情に繰り返した臣がおずおず顔をあげる。さきほどまで自分の身体が遮っていた光があたり、そこには確かに一匹の、ヤギがいたことがわかった。

「なんってヤギ!?　こんなとこに!?」

驚きすぎた——そして怖がった自分への恥ずかしさに慈英の手を払いのけ、臣はぱっと立ちあがる。きょとんとした顔のヤギはまたもや「ぶみい」といささか不細工な声をあげて、ひとなつこそうに臣の方へ身体をすり寄せた。

「あらまあ、なんだい駐在さん、いまの声」

「尚子さん、おひさしぶりです！　じゃなくってこれ、なに！」

「おひさだねえ。なにってヤギだよ」

よしよし、と言いながらヤギに手をさしのべるのは、かつて慈英の絵画教室にも通っていた井《い》村尚子《むら》。豚汁制作の主は、臣の声に驚いて公民館の炊事場から飛びだしてきたのだと、割烹着《かっぽうぎ》のまま笑った。

「まあ、騒がしくてこっちまで出てきちゃったのかい。ほら、あっちにおいで」

尚子が促《うなが》すようにぽんと軽く尻《しり》をたたけば、ヤギは公民館の裏手にある敷地へと歩いて行った。

「な、なんでヤギがこんなとこいるんです……？」

「ああ。草刈りつらくて」

「はい？」

聞けば、公民館の手入れは町民それぞれがローテーションで当番しているそうなのだが、高齢者が増えてきたため、敷地の雑草取りがしんどくなってきたのだという。

「まえに使ってた草刈り機、壊れちゃったんだよ。でも町内会費で買うにはちょっと、最近のは高くてねえ」

むろん農家の多いこの地域、除草のための機械などはおのおの持っているものの、専用的すぎて半端な広さの敷地には却《かえ》って使いづらい、ということらしい。

「それでどうしようって言ってたら、浩三さんがインターネットで『ヤギの除草レンタル』ってのの見つけてねえ。借りるくらいなら飼えばいいさって」

「な、なるほど……」

「いまは見えないけど、奥のほうに小屋あるんだよ。あと何匹かいるから、うまく増えるようなら、ちゃんと牧場作ってヤギ乳《ちち》絞って、ヤギチーズとか作るのもいいかねってさ」

とりあえず、この環境で無事育つかの実験中ということらしい。相変わらずたくましくやっているようだ。

「ヤギ乳って身体にいいんですよね。もう絞ったりできてるんですか？」

「いや、まだまだ。最近いれたばっかりだから。春になってシーズンきてからだね」

そういえば経産婦でなければ乳は出ないのだった。さきほどのヤギはまだふわふわした見た目だったから、シーズンまえの個体なのだろう。

「チーズできるようになったら、送ってあげるよ」

「いつもすみません。あと……豚汁すごくおいしい」

「あはは、そっか！　たくさん食べてきなよ！」

ばちんと尻を豪快にたたかれ、臣は思わずよろける。慈英は耐えきれず噴きだした。

「笑うなよ」

「いや……ほんっとこの町のひとには勝てませんよね、臣さん」

くっくっと笑う慈英にむくれてみせつつ、さきほど転んだせいで土にまみれたジーンズを払う。

けっこう広範囲で汚れていたので、足下《あしもと》を払うのは慈英も手伝ってくれた。

「なあ、ヤギのよだれついてない？」

「セーフです」

よかった、と胸を撫でおろす。ちゃんと世話されているらしく、獣特有のにおいがする以外は清潔そうであったけれど、さすがによだれなどついては着ている服を丸洗いするほかない。

「さて、んじゃ食事の続き……」

いそいそと席につきなおそうとしたとたん、今度は人だかりのほうから、わっと剣呑《けんのん》な声があがった。

「喧嘩《けんか》だ！　駐在さん呼べ！」

「ああもう、またあのおっさんは暴れて……おうい駐在さぁん！」

焦った声で叫んでいるのは、自警団担当の面々だった。かじりかけのフランクフルトを頬いっぱいに詰めこんだまま、臣は反射的に立ちあがる。

「ちょっと、臣さん!?」

「悪い、行ってくる！」

駆けだした臣は、しかしさきほどの屋台のまえではちあわせた嶋木と青年団の男に「ちょっとちょっと！」と腕を摑まれた。

「え、なに？」

「なに、じゃねえって。あんたもう駐在さんじゃねえだろ？」

「おれの仕事ですよ、小山さん」

落ち着いてくれ、とあきれ顔を向けられ、一瞬臣はきょとんとなった。そして改めて自分の姿を見下ろし、私服のパーカージャケットとジーンズを確認したのち頭をかく。

「ごめん……反射的に、つい」

「つい、じゃないですよ。いいですか、座っててくださいね。……こらー！　やめなさい！」

法被を脱ぎ捨てた嶋木が走って行く姿を見て、立ち尽くす。いつの間にか追いかけてきていた慈英が「まったく」とため息をついて頭を軽く叩《はた》いてきた。

「いまは非番なんだから、首つっこまない」

「だって駐在さんって言われたらついさあ……」

「いまは、嶋木さんのお仕事ですよ」

そうだな、とうなずいて、頼りなく思えていた後輩がうまいこと喧嘩の仲裁にはいるのを見守った。なんだかんだとなじんでいるらしく、酔っ払いの中年ふたりを相手に説教している姿もさまになっている。

「さびしそうですね？」

「そうかな？　うーん……そうかも」

ちょっとだけな、と苦笑すれば、慈英はわかってます、というようにうなずいた。

「でも、嶋木さんがここにすぐなじめたのは、臣さんのおかげらしいですよ」

「え、なんで？」

「駐在さんの後輩なら、いいひとだろうって。それまでも応援なんかでちょいちょい来ていたのもありますけど、わりと皆さん最初からフレンドリーにしてくださったそうです」

いつそんな話を聞いたのかと問えば、昼間あちこちで写真を撮っている際に、町民たちと話したのだそうだ。

「そういや、すっかり忘れてたけど、最初はすこし、警戒されてた気がする」

「狭い町ですからね。外からきた人間には、身がまえるのがあたりまえなんでしょう」

臣と慈英が同時期に引っ越してきたせいで、なにかとものめずらしがられ、なにやかやとお誘いを受けることが多かった。おかげで打ち解けるのも早かったが、たぶん顔役である浩三の計らいもあったのだろう。

「もっと閉鎖的な地域なんかだと、任期の間中ぴりぴりしてたって話も聞くからなあ」

「つくづく、いいところですね」

臣自身、もともと社交的、というタイプではない。慈英に至っては言わずもがなで、それでも慣れない環境のなか、どうにかなじもうと努力もした。

その結果が、当初のぎこちなさなどすっかり記憶から失《う》せるほどのいまだ。

「……きょうは感傷的ですね？」

「うるさい。豚汁のせい」

「もう食べきったでしょう」

またじわっときたものをごまかすための軽口は、あっさりたたき落とされた。すん、と鼻をすすった臣が軽く目元をこすると、慈英がその腕を摑んで来る。

「ちょっと歩きましょうか」

「和太鼓は……?」

「どこにいたって、聞こえますよ。この町なら」

こくりとうなずき、臣は慈英に連れられるまま、そっとその場を離れることにした。


田畑の横をまっすぐに走る道路の脇、群生するススキが月の光を受けて金色に揺れていた。そのすこし奥にあるみっしりとした濃い森には、アケビの木やザクロ、山葡萄《やまぶどう》なども連なる。そういえば警邏中、こっそりアケビをとって食べたことがあると白状すれば、慈英は声をあげて笑った。

「それ浩三さんたちみんな知ってましたよ」

「うそ、マジで」

「駐在さん、嬉《うれ》しそうにとってたけど、あそこの森よりうちの畑になってる方がうまいぞって」

「……そういえば、つまみ食いした日、必ずなんかもらってたわ……」

みっともない、と頭を抱える臣に、慈英は声をあげて笑う。

「もしかして、だからしょっちゅうお茶とかお菓子とかくれてたのか!?」

「今度の駐在さんは、食いしんぼだねえって言われてましたよ」

「ああああ」

任期を離れてから知る自分の評判に、消え入りたい気分になる。だが「それでよかったんでしょう」と慈英は言った。

「最初はねえ、市内からずいぶんしゃれたひとが来て、こんな田舎じゃやっていけないんじゃないか、って言われてたらしいですよ。でも臣さん、おばあちゃんたちのご飯、おいしいおいしいって食べてたでしょう。それが食い盛りの孫みたいでかわいいって、まず年配女性たちがたぶらかされて」

「も、もうそれ以上言わんでいい……ていうかたぶらかすってなんだよ！」

恥ずかしさのあまり、ばしばしと慈英をたたく。こたえた様子もないまま笑い続ける男に顔をしかめていた臣が気づけば、慈英が以前住んでいた家のほうへ向かっているのに気づいた。

「……うち、てかもう、うちじゃねえけど。あそこ行くの？」

「あ……いえ、無意識でしたね。帰り道な気分だった」

そうか、とつぶやいてしたを向く。いまはただの空き家になっているらしい、蔵を改造した慈英のアトリエ。テレピン油のにおいがこもったあの場所で、本当にさまざまな話をした。

怯《おび》えて泣いて、慰められたこともある。熱っぽく抱きしめられた夜もある。ときには、訪れた誰かと深刻な話をしたりして、でも大半は、おだやかに笑いあっていた気がする。

「……壱都も呼べたらよかったな、今日の祭り」

ふと、少女の浴衣《ゆかた》がひどく似合っていた不思議な存在の姿を思いだし、つぶやく。すると慈英が「あいつも最近忙しいらしいですから」と苦笑した。

「でもおれたちがいなくても、ちょくちょく遊びにきているそうですよ」

そうなのか、と臣は驚く。「ってか、なんでしってんの?」と目を丸くすれば、「壱都もスカイプID取ったらしくて」と意外な言葉が返ってきた。

「しょっちゅうチャットに写真貼りつけてきます」

「えっ、なにそれ。おれ知らないのに!」

「臣はいつも忙しいだろうし、って一応気遣ってましたよ」

「ケータイのほうにもいれてんだから、事件で立てこんでなきゃすこし話すくらい平気だよ」

おれだけ仲間はずれか。ふくれてみせる臣に「あいつも気を遣ったんですよ」と慈英があわててフォローするので、ちいさく噴きだした。

「ばか、本気で拗《す》ねてるわけじゃねえよ。よりによって壱都と慈英がスカイプで……っておかしくなっただけ」

「おかしいですかね」

くすくす笑いながら「あいつ元気?」と問いかける。

「元気ですね。三島と一緒に興《おこ》した会社もだいぶ軌道に乗りはじめたらしくて。驚いたのが、商品パッケージ、三島がデザインしてるそうです」

「へぇ！」

「センスがいいって評判なんだと、壱都が自慢げに言ってましたよ」

かつては宗教団体のコミューンとして自給自足に近い生活をしていた彼らは、さまざまな事件を経て、コミューン内でできた作物や草木染めの布製品などを販売するちいさな会社をはじめた。

「販売ルートに関しては、浩三さんがかなり協力しているようで……町で運営してるそば屋のお土産《みやげ》コーナーに置いたり、通販なんかでも扱ったり」

「あのひと、ほんっと面倒見いいよな。でも、それなら安心だ」

それにしてもおかしい、と臣はくすくす笑い続けた。同じ県内にいる臣よりも、海外にいる慈英のほうが事情通で、なんだか不思議にもなってしまう。

「三島が、いちばん変わったな。ていうか吹っ切れたのか」

ぽつりと言えば、慈英はなにも言わず軽く首を振るだけだった。その気持ちもわからないではないけれど、臣はただ、よかったなあ、と気づかぬふりでつぶやいてみせる。

同じ歳《とし》に天才と言われる男がいたせいで、三島が自身の絵を追究するよりも慈英のストーカーとなってしまっていた時期、臣自身も大変な目に遭った。けれど、その後の壱都への献身や、ことが起きたときの行動力と胆力《たんりょく》には、まじめに感心していた。

「あいつ、もう、作品としての絵は描かないのかな」

「そういう気はまったくないそうです。むしろ商才の方があったんじゃないかと、自分でも言っていました」

三島とも話したのか。さすがに驚いて隣の男をまじまじと見れば「ビデオ通話だから、壱都の横にだいたいいるんです」と、やっぱり微妙な顔で慈英は言う。

「仲良くしろよ？　せっかく、大学の同期なんだからさぁ」

「……まあ、ふつうにしてますよ」

広い肩を上下させてみせる慈英に、こいつはまったく、と苦笑いする。

「デザインの仕事っていえば、最近おまえは？　そういうのは受けてねえの」

「基本はあまり……ああでも、早坂《はやさか》さんの方から、まえに受けた装幀《そうてい》の仕事あったでしょう。あれの続編が予定されているので、頼めないかとは言われました」

「未紘《みひろ》くんか。あの子もすっかり編集さんとしてバリバリやってるみたいだよな」

慈英のいとこ、秀島照映《しょうえい》とつきあっている早坂未紘は、現在では大手出版社の文芸部門で活躍している愛嬌《あいきょう》のある青年だ。一般企業の会社員なのだが、編集といういささか特殊な仕事柄、服装や髪型などもかなり自由なため、紹介された二十歳そこそこのころからほとんど見た感じが変わらない。

「おかげで照映さんとは、一緒に暮らしてるけどほとんど顔をあわせないそうです。以前の誰かさん以上にひどいとか」

誰かさんってなんだよ。睨《にら》んでみせる臣に「自覚はあるでしょう」と慈英は取り合わない。

「あなたが事件に振りまわされてるみたいに、あちらは原稿に振りまわされるらしいですよ。本来デスクワークなのに、健康診断とかの基準は危険労働者レベルになってるとか言ってました」

「ああ……寝ないし生活時間めちゃくちゃになるしで、身体壊すひと多いらしいよな」

「創作する側は、一度はいりこむと時間の概念狂いますからねえ」

しみじみ言う慈英こそ、ひとたび制作にはいれば昼夜ぶっ通しで描き続けたりするタイプだ。そっちは大丈夫なのかと問えば「いまはうるさいのがいるので」と言う。

「ああ……アインさんね。彼女、元気？」

「元気じゃないあれが想像つきますか？」

「……つかない」

いささかげんなりするのは、現在の慈英のエージェントであり、公私にわたるマネジメント業務をこなしている異国の美女、アイン・ブラックマンについて、どうにも複雑なものを覚えるせいだ。なにしろ彼女は堂々と臣に向かって「慈英の身体が欲しい」と言い切った相手であるし、こちらがどう思っていようとまったく意に介さない神経の太さも持ち合わせている。

「それこそおまえ、あっちではどうなんだよ」

「どう、と言われても……どこであれ、おれは描くだけのことなので。これといったことは」

「いろいろあるだろ？　なんかこう、日本と違うとこに遊びに行ったりとかしないの」

「違うといわれても……ああ、美術館なんかはおおきさの規模が違いますし、作品の点数もすさまじいので、それについては行ってよかったと」

けろりとした慈英に、聞くだけばかだった、と臣は肩を落とす。

そもそもいろんなことの認識や概念がいささかずれている男だ。臣にしてみれば生活が一変するだろう海外への移住も、彼のなかではどうということはないらしい。

「えっと……アインさんって相変わらず、おまえんちに入り浸ってんの？」

「夏の間はプール目当てにちょいちょい来てましたけど、最近はそうでもないですね」

セキュリティ対策を考えて用意された慈英のアトリエはいわゆるペントハウスで、部屋にちいさめのプールまでついている。アインはそのプールがことのほかお気に入りで、しょっちゅう水に浸かりに来ていたらしかった。

「いまは特に若手アーティストの発掘に忙しいらしくて……そういえば一ヵ月くらい見てないな」

「え？　そ、そうなの？」

「はい。というか……臣さんちょっと勘違いしているようですが、アインはおれの専任マネージャーではなくて、あくまで契約エージェントですよ？　それも、契約自体は御崎《みさき》さんの画廊を通してのものですし」

自分ひとりにべったりしているわけではなく、彼女がいろいろと手がけているプロジェクトのなかのひとつが『秀島慈英』というだけのことだ。そう言われて、逆に驚いた。

「いや、だってあんな……なにかっちゃしつこかったし、日本まで追っかけてきたりしたし……」

「それも、状況が整うまでの話ですって。もちろん個展やなにかの企画があれば密に連絡をとると思いますけど、それ以外はさほど一緒にいるわけじゃないですよ」

いやそれはどうだろう。状況が整うまで『だけ』の話なら、男の家に入り浸ったりするものだろうか。プール目当てと慈英は言い切るが、臣にはどうにも、自分の肉体美でアピールしてきていたのでは、という思いがぬぐえない。

「もう、あのひとに関しては言ってもはじまらないけどさあ……」

「もともと、なにが起こりようもないんだから、気を揉むだけばかばかしいですよ」

慈英はなかばあきれ笑いをしているが、そういうことじゃない、と臣は口をゆがめた。

(おまえの寝込みを襲うとか、一服盛るとかやりそうでこわいんだっつうの……!)

接触する際、盗まれ出品されていた慈英の過去の絵を取引に持ちかけてきたり、裏オークションで暗躍したりした女性相手に、常識が通用するはずがない。というのに慈英は、「そこまではやらない」となぜだか言い切るのだ。

臣は無意識に胸元を探った。首にかけたチェーンのさきには、ジュエリーデザイナーである照映に頼んで作ってもらった、慈英と揃《そろ》いのリングがさがっている。入籍したことをおおっぴらにできない以上、無用な詮索《せんさく》を避けるために、大抵はこうして身につけている。

慈英はふだんから左薬指につけているらしいが、きょうは浩三らに会うとわかっていたため、臣が頼んで同じようにチェーンネックレスにさげてもらった。めざとい町民らに気づかれれば、いつ結婚したんだと騒がれかねないからだ。

「大丈夫ですよ、臣さん」

胸元をいじっていた手を、慈英がそっと包んでくる。はっとして顔をあげれば、やさしく笑う彼がいた。

「不安になると、それいじるのくせになりましたね」

「え、あ……そうかな」

「……本当に心配はいらないですから。アインについては」

なぜ言い切れる。じろりと睨めば「契約にそこも含みましたので」と、慈英は言い、臣は目を見開いた。

「はあ？　契約？」

「ええ。おれの望まないことを、おれの意志がはっきりしない場合やそのほか、とにかく想定できるあらゆる状況において反する行動を取った場合、契約は即時打ち切り。それから契約違反に関する慰謝料も請求し、ハラスメントで訴えると」

だから心配いらないんです。あっさり言ってのける慈英にぽかんとしていた臣は、自分の顔がだんだん険しくなっていくのがわかった。

「お、おまえ……そんだけ保険かけてるから、大丈夫大丈夫って言ってたのか」

「当然でしょう。あの魔女相手に、ノーガードで臨むほうがどうかしてる」

「おれ初耳なんだけど!?　そんなのひとっことも、いままで聞いてないけど!?」

思わずつかみかかれば「そうでしたっけ」ととぼけられた。

「そうでしたっけ、じゃねえよ！　ひ、ひとがどんだけ心配してたか……っ」

「おれが大丈夫って言ってるのに、いつまでも信用しないからちょっと意地悪してました」

「意地悪って、いや、だっておま……っ」

頭に血がのぼりすぎて、言葉が出てこなくなった臣の唇がいきなりふさがれた。ふざけるな、ごまかすなとじたばた暴れるけれど、いつの間にか強く抱きしめられて、口腔《こうこう》を舌に攻められる。

「んんん……っ」

胸板をたたいて抵抗し、どうにか執拗《しつよう》なキスから逃れるころにはすっかり涙目で、睨んだところで迫力もなにもない。腹が立って悔しくて、なのに慈英は、笑っている。

「なんだよ、おれ怒ってんのに、その顔は」

「ここまで真っ正面にヤキモチを焼く臣さんが、ひどくかわいいので」

「かわいいじゃね……っんん、ばか、も、……っ」

暴れようが文句を言おうが慈英は上機嫌のままで、慣れた口づけにおぼれてしまいそうになる。

周囲は畑と森に挟まれた田舎の一本道、誰が通ってもおかしくない。だというのに、臣の抵抗は徐々に弱くなり、しまいにはその背中に強くしがみついていた。

抗うちからが弱まったと気づいた慈英が、背中から腰へと手をすべらせ、弱いと知り尽くしている箇所を撫でてくる。そのあとぎゅっと尻を摑まれ、肩を跳ねさせてしまったことで、臣は自分の負けを悟った。

「こんな外で、そんなキスされて、おれにどうしろっての……」

ねっとりとした口づけからようやく解放され、肩で息をする。そうして赤らんだ顔で文句を言ったとたん、真顔になった慈英に肩を抱かれた。

「……行きましょう」

「え、行くってどこ」

ぐいぐい引っ張られ、混乱したまま歩くしかない。摑んでくる指の強さとめずらしいほどの強引さに、気分が浮ついて戻れない。

(って、ちょっと、まさか)

ついたのはかつて慈英が住んでいた家からすこし離れた駐車場。契約は切れているが、どうせ空いてる土地だから、たまに訪れる分には使っていいと許可が出た。そんなふうに、この町にくる道すがら教えられたのは覚えているが。

「ちょっと、嘘だろ。ここですんの」

「ほかに、どこか？」

「ない……けど……んんっ」

ぬるりと舌で口腔を探られ、弱みと知られている腰をまさぐられ——臣の身体を知り尽くした男に火をつけられれば、もうだめだった。

そもそも慈英は長旅のあと、東京でひとつ仕事をすませたのちに、新幹線の最終を使って深夜に長野へと移動。その後は運転するからとすぐに就寝、時差ボケを解消したのち、この町へとやってきた。

「ちょっと、慈英、まじでっ……うわっ」

急《せ》いた手つきでドアのロックを解除し、4WDの広い後部座席へ押しこまれたと思ったら、シートを倒される。勢い、つんのめった臣の身体はうつぶせに倒れる。フラットシートに対し斜めの角度で押し倒されたせいで、足の先が車体からわずかにのぞいている。誰かに見つかったら、とあせってどうにかずりあがれば、そのまま慈英にのしかかられた。

「嘘だろ!?」

「本気です。というか臣さん、場合によれば明日、堺さん送っていかないといけなくなりませんか？」

「え……あ、どうだろ？　あのひと自分の車できたはずだけど」

「いままでの経験上、あそこまで飲んでるとたぶん、明日はあの方、宿酔いでしょう」

言われてみれば、と臣がうっかり考えこんで気をそらした隙に、ずるっとボトムが脱がされる。

「わあ」とマヌケな声をあげてとっさに衣類を押さえようとするが、もはや遅い。腿《もも》まで下ろされたそれを、慈英はさらに膝を使って器用に引き下げた。

「ちょっと、なんでそんな、はええしっ」

「ぐずぐずしてるヒマあんまりないので」

「なんでだよ、帰ってからでも――」

「きょうは帰れないでしょう。おれもあなたも、飲んじゃったんですから。もともと浩三さんとこへお泊まりコースなのは確定だったでしょ」

靴をはいているのとうつぶせにつぶされている体勢のせいで、ジーンズと下着は膝のあたりでたぐまったままだ。つるりと冷たい合皮のシートが直接肌にあたり、混乱と恥ずかしさで臣は真っ赤になる。

「それで明日、午前には堺さんを送って帰るとなれば、いったいいつ、どうするって言うんですか」

「い、家に戻ってからでもいいじゃん……」

涙目になりながら、うまく動かせない脚をじたばたさせていると、ずしりとした重みが背中にかかった。

「……そんなに待てるんですか？」

「ひい……」

笑いながらささやいた慈英に、ぬるっと耳を舐《な》められる。同時に、自分の身体とシートの間に挟まっていた股間を握られて、臣はもう観念するしかない。

「我慢できます？　臣さん。おれは無理」

「んな……だって、こんなとこで……」

「カーセックスしたことないわけじゃないでしょう。それにこの駐車場、そもそも人通りのない場所だし使い様もないから、好きにしていいって言われてるんです。臣さんだって、知ってるでしょう」

「うう……」

こくり、と臣はうなずくしかない。

駐車場として使っているこの空き地付近は、ろくに手入れをされておらず、伸びるままに生い茂る周囲の木々がドーム状に被《かぶ》さっており、日中ですら薄暗いほどの空間になる。どうして放置しているのだとかつて臣が浩三に問いかけたとき、やっかいそうな顔で「あそこだけ国が持ってんだよ」とため息をついていた。

――戦後のあれこれで土地を持って行かれたとき、なんでかあの空き地だけ残した周囲が、ぐるっと国のもんになっちまって。うかつに枝打ちもできねえんだわ。

なにしろ古い契約で、買い取ろうにも相手が相手のためいろいろ面倒くさい。そのうえ国としても使い道もないためただ放置しているそうで、ほとんど密林状態というここは、慈英が越してきて駐車場にするまで、町民はよりつかなかった。

駐在していたころに、日課の警邏で通りかかった際、慈英以外の人間を見かけたことがないのはたしかだ。

「……あんの？　ゴムとか、ジェルとか」

なかば観念しながら、痛いのはいやだと背後の男を睨む。慈英はしれっとした顔で助手席と運転席の間に腕をつっこみ、ダッシュボードを開けた。はい、と見せられた、長い指が摑んでいる携帯用ジェルとコンドームに、臣は真っ赤になって顔を覆った。

「もおおおお、おまえやだ！　なんで準備万端なんだよ！」

「あの当時どうしようもなくて、何度かラブホ行ったことあったでしょう。そのとき積んでたやつの残りですよ。使用期限も切れてないみたいだから大丈夫です」

「うう……」

大抵は浮き世離れしているくせに、変なところだけ現実的な恋人になんと言えばいいのかわからず、臣はうなる。

「……どうする？　臣さん」

「どうするもこうするも、ひとの下半身剝《む》いておいて、そりゃないだろ……」

首をよじり、覆った手の隙間から慈英を睨む。

「寒いから、さっさとして」

「了解です」

もはやそれが精一杯の、同意の言葉だ。暗がりのなか覆い被さり、笑う男の目が、月明かりを受けて妖《あや》しく光った。


慈英に頼みこんでどうにかドアを閉めてもらい、さらに前後のシートを調整して空間を拡《ひろ》げるという一連の作業をするうちに、臣はどうにも笑いが漏れてしかたなかった。

「……なに笑ってるんですか」

「いや、だってなんかこれ……いい歳してこんなとこで、とか考えたらおかしくなって」

言葉にするとよけい笑いがこみあげてきて、手のひらで口を覆って喉を鳴らしていると「言ってられるのもいまのうちです」と慈英が無防備な下半身をいきなり摑んだ。

「あひゃっ」

「変な声だしてないで集中してくださいよ」

「うはは、ごめん。……ちょっとなつかしくて」

駐在任期中、そういえば最初のころは、いったいどうやって逢瀬《おうせ》を重ねたものかと悩んだりもした。その解決法のひとつが、車でちょっと遠めのラブホテルに行くことだったりもしたが、そのうち、夜半にはほとんどひとが出歩くことのない町の状況や、隣の家まで数十メートル、という互いの住環境もわかってきて、お互いの寝床を暖めあうようにもなった。

けれど、いまは――。

「あれ」

「……臣さん？」

気づけば、目元が濡《ぬ》れている。当時はいろいろ悩んだり必死になったことがいまではおかしく、そして胸をやわらかく締めつけるようななつかしさだけがあるのに、はらはらと零《こぼ》れていく涙。

「なんで泣いてんの？　おれ」

「いや、おれが訊《き》きたいんですが……」

心配そうな顔で覗《のぞ》きこんでくる男に、「やめなくていいから」と告げて身をよじる。

「ちょっとなつかしくて、感傷的になっただけ」

「……そう」

「うん」

言わなかった言葉はたぶん、通じている。違う国で互いの生活があるいま、こうしてぴったりと身を寄せることも、なかなかむずかしくなった。悩ましいこともむずかしいこともたくさんあって、それでも走って行けば十分と経たずに顔をあわせ、抱きあうことのできたあのころが、なんと贅沢《ぜいたく》だったことかと、いまさらに思い知っている。

「だいじょぶ。ちゃんと……ちゃんとって変だな。でもちゃんと、寂しいだけ」

「いまは？」

「いま？　いまは、……嬉しい」

濡れた目元をぬぐってくれた指にキスをして、軽くかじった。

「……でもってやっぱ、狭いなここ」

「我慢してください」

「あした腰、痛かったらおまえのせいな？」

ぼやきながら、どうにか届いた顎《あご》へと口づけた。とたん、強く頬に指を食いこまされて唇を吸われる。うっすらと開いて誘えばすぐ、舌が忍んできた。あたたかくぬるりとして、すこし酒の味が残っているそれを臣は吸う。唇の脇には、なじんだ髭《ひげ》のやわらかいような硬いような不思議なくすぐったさを感じた。

「んん……」

すでに剝かれていた下半身から、おおきな手のひらが這《は》いあがってくる。へそのくぼみをわずかにひっかくようにしたあと、パーカーとカットソーをめくりあげてくる。

いまさらの話だが、しわが気になるような服を着てこなくてよかった。ぼんやりそう考えたとたん、唇にちりっとした痛みを感じる。薄目を開ければ、すこし咎《とが》めるような目をした慈英が見えた。

（はいはい、集中します）

詫《わ》びるように首に腕をまわし、身体をまさぐる手を助けてやる。湿った口づけの音はいっそう濃厚になり、脚の間にはもうだいぶ熱がたまりはじめた。

あっ。ちいさな声と同時に顎があがった。外気温との差にこわばった乳首をさらりと撫でられただけで、完全に勃《た》った。ちいさなそれを指で揉みほぐすようにされているのに、よけい硬くなっていく。じゅわじゅわ、甘酸っぱいような感覚が薄い肉の頂点で縮こまったものから、全身へと広がっていく。

「……ん、あ……なに？」

胸をいじるのと別の手で、さらに急くようにペニスをしごかれ、なんとなく違和感を覚える。キスがほどけたついでに首を曲げて自分の身体を見下ろすようにすると、目のまえにコンドームが突きだされた。

「えっと、つけろってこと？」

「ええ。でもおれじゃなくて、臣さんのほうに」

にこりと笑いながら言われて、一瞬目がまるくなる。「さすがにこれ以上脱げないし」と苦笑されて、意味を悟った臣も同じような顔になる。

「あー……汚れ防止ね、はいはい」

本当にこれでは、親の目を盗んでいかがわしいことをする学生のようだ。ますますおかしくなりながら、それでも笑ってしまえばまた慈英が拗ねる。頬の内側を噛んでこらえながら、張りつめたものに薄いゴムの膜をかぶせた。

「……いいよ、つけた」

ぬめりの残る手は一度自分の腹でぬぐい、慈英の顎を撫で、にやりと微笑む。吸いこまれるように自分へと近づいてくる、ゆったりとした動作が好きだと思った。

覆い被さってくる男のセーターとインナーシャツを腰からたくしあげ、広い背中へじかにふれた。外は冷えていて、セーターの表面もすこしひんやりとしていたのに、慈英の肌はひどく熱かった。

「慈英、もっとこっち……いてっ」

引き寄せようと膝を曲げたとたん、運転席の端にすねがぶつかる。反射的にずりあがれば、今度は後部ドアポケットに頭をぶつけそうになり、慈英があわてて手を添え、位置をずらされた。

「気をつけてください」

「あいたた……ごめん」

そもそも無理に身体を押しこめていた状態なのをうっかり忘れていた。もぞもぞと身じろぎ、こうなれば、と臣は腕を伸ばす。

「ちょ、ちょっと臣さん？」

「ん。なんかもう、さくっといっとこう、これ」

セーターをまくりあげ、現れたジーンズの前立てを手早くくつろげる。兆《きざ》していたせいでいささかファスナーをおろすのに手間取ったが、あきれ笑いをした慈英が手伝ってくれたので問題はなかった。

「準備よすぎるだの文句言ったくせに、まったく……」

「うるさいよ。その気にしたのそっちだろ。それに」

さきほど体勢を変えたせいで、ずいぶんとはしたない角度に開いた腿の中心を見せつけるように、臣はみずからの手で下腹部近くを撫でてみせる。

「まだ萎《な》えてないし、もう……いいからさ」

知ってるだろう。欲しがられたらいつだって、この身体はおまえに応える。言葉でなく視線と仕種《しぐさ》でそう伝えると、慈英の口元からふっと笑みがかき消えた。

(あ、スイッチ、はいった)

後頭部を守っていた手が肩を摑み、薄い肉に指が食いこむ。喉の奥まで舐めるような口づけを受けながら、内腿にすべらせていた自分の手首を摑まれ、さきほどその手で暴いたものへと押しつけられる。

「……こっちもつけて」

「あまえた言いかたして、やらしいこと頼むよなあ……」

舐めまわされてすこし痺《しび》れたような気がする舌を唇に這わせたあと、言われるままにアルミ包装を破いて、中身を相手のものへとかぶせる。狭い空間で、いやでも密着した体勢のうえに、その準備をする間じゅう、開かされた脚の奥を思わせぶりに撫でられるから、何度か指がすべってしまった。

「もお……じゃま、すんな」

「時間短縮でしょう？　ほら早くして」

「どっちが色気ないんだか……っ」

ぱちん、と音をたてて臣の手が目的を果たしたのと同時に、濡れた指が体内にもぐりこんだ。内側をまさぐられる、ひさびさの感覚に「ふっ」と短い息をついて顎をあげれば、軽くかじられて舐められる。ぬち、と重たい水音がする。恥ずかしさに、心拍数と体温があがった。

「緊張してます？」

「しては……ないけど、ひさびさだから」

そうでしたね、と笑いを含んだ声で耳をくすぐられる。過敏になった神経はそんなものすら愛《あい》撫《ぶ》と受け止め、膝がはねあがった。その動きを利用するようにして、さらに奥へと指が食いこむ。

数ヵ月ぶりのセックスで、反応はずいぶんぎこちなくなっていた。それでも身体は恋人の指を覚えているのか、ゆるくあまく探られるうちにやわらかくほどけていく。

「っは……あ、……あ」

興奮に喉奥《のどおく》が狭くなって、息が細く、声は高くなる。思いきり暴れたいような、指一本動かしたくないような感覚の混乱。血管のなかに細かく泡が立って、それがつまさきからじわじわのぼってくる官能の兆し。

慣れて覚えて、いやというほど知ったものばかりなのに、それらに厭《あ》きたことは一度もない。セックスがただの快楽を満たす行為ではなく、愛の交歓だと自分に教えてくれたのは慈英だ。

(ああ、ゆび、が)

一本、二本。なじませるように慎重だった動きから、奥を開くようなものに変わった。三本目、感じさせるためだけのいやらしい振動がはじまる。粘膜を指の腹でさすられ、意図せずにびくりびくりと腰が跳ねる。

丁寧に濡らされていくたび、身体の芯にある袋のようななにかに、あまい蜜がたっぷりと注ぎこまれるようで、嬉しいのに苦しくなってたまらない。満ちすぎてあふれてしまうまえに、はやく、これを突き破ってほしい。不規則に踊る膝で男の腰を締めつけて、無意識のまま臣の身体がねだりはじめた。

「……腕を」

短い指示の言葉に、慈英の興奮も高まっていると教えられた。言われるまま彼の首へと腕をまわし、腰を支えるおおきな手のひらの熱に震えながら、ねじこまれる熱の強さに長く細い息が漏れていく。ああ、あ。自分で発した声なのに、遠くから聞こえる気がするのは充血した耳がその機能を鈍らせたせいか。

みちみちと粘着質な音を立てて奥まで埋められる。反射的に恋人の後ろ髪を握りしめ、すぐに痛いだろうと気づいて離す。折り曲げられた体勢に息が苦しくて、あえぐよりも胸の詰まったような息が漏れるばかりだ。

「んっく……ふ、う、ふー……っ」

気づくと、車の窓が白く曇っていた。身体がぐらぐらと揺れる、そのリズムにわずかなぶれを感じるのはおそらく、車体も揺れている反動だろう。

胸までめくりあげられたカットソーが喉のあたりでたぐまって、そこだけひどく熱い。剝きだしにされた肌へと覆い被さる男のセーターがこすれて、ちくちくする。膝がまた、どこかにぶつかった。痛い。散漫にあちこちで覚える感覚は、しかしやがて、熱いものをねじこまれ、つながったまま揺さぶられているあの一点に集中していく。

ぼんやりと思考がにぶり、舐めるように男のものへ絡みつく粘膜からの快感だけで塗りつぶされる。短い息が頰にあたり、くすぐったいのと集中を乱されたくないのとでかぶりを振ると、噛みつくようなキスに呼吸を奪われた。

指が汗をかいている。すがるものが欲しくて摑んだ、セーターのしたに着こんだシャツが手の中でじっとりと湿っていく。揺さぶりかき乱す動きが次第に小刻みに突くものに変わっていって、上がる内圧に耐えかねた臣は唇をほどき、叫んだ。

「――――ンァ、あああ、あああっ！」

自分の声のおおきさに驚き、はっと目が見開かれる。とたん見えた車内の低い天井と、いま自分を抱く男の広い肩に、またぎくりと身体がすくんだ。

「臣さん、そんなにしたらきつい」

「そん、な、言ったって、したくて、してんじゃ……っあう、うう」

ない、と続くはずだった言葉が、本格的な揺さぶりをかけてきた動きに崩れ、意味をなさないあえぎに変わった。

痺れたような手のひらがすべり、慈英の背中から腰へと降りていく。めくれあがったシャツから素肌へ、そして無意識に、腹部にある傷跡へと指は動いた。

わずかに皮膚の盛りあがった、肉の感触。臣を庇《かば》って刺されたこれにふれるたび、どうしようもない自分のばかさと、慈英へのいとしさで胸が詰まりそうになる。

「くすぐったいですよ」

「……痛くない？」

かすれた声で問えば、「なにも痛くない」と笑った慈英が、行為の最中には不似合いなほどやわらかいキスをくれる。また涙が零れそうになって、臣はふたたび彼の身体へとしがみついた。

痛いのはそちらの心だろうというように、慰めるようなやさしい口づけが続く。そんなふうにされていいわけがないと、もっと痛くしてもいいのだと思うのに、そうしてくれないから結局、あまく胸は締めつけられるばかりだ。

「そんなにしがみつかなくても、離さないから……」

ささやく声が額《ひたい》にふれて、臣はなにも言えなかった。ただ強く彼へと絡めた腕にちからをこめ、もっと、と細い声でうながすしかできない。

催促に応えるように、あるいはせつなく軋《きし》んだ胸の内を忘れさせるかのように、慈英の動きが激しくなる。ちりちりと全身にめぐる快楽の気泡があちこちではじけ、また思考が鈍くとろけていく。

（ああ、もう、だめだ……溶ける）

ぐずぐずになった体内をえぐりこすられて、そこから摩擦《まさつ》で溶けてしまう。合皮のシートが汗ですべって、腰のうしろがぬるつく、その不快感すらもいまは、こんなに急くほど欲しいのだと実感するためのスパイスにしかならない。

「じ、えい、慈英、慈英、もう……っ」

「わかってます」

身体の間に手をいれた慈英が、押しつぶされたようになっていた臣のペニスをゴムの被膜ごしに摑んだ。ぴったりと握ったまま先端だけをぐりぐりといじられ、跳ねた膝はまた助手席の背にぶつかる。

はしたないくらい開いた身体の奥が、めちゃくちゃなリズムで突き崩された。壊れる、はじける、飛ぶ――きつくつぶった目の奥にちかちかと、星がまたたく。

「い……く、いく、い、くっ」

「――……っ」

かすれた声で叫んだ直後、全身がひとつの点に収縮したような感覚があって、そのあと一気に拡散した。手足のさきまでびりびりと痺れ、肉の奥に食いこんだそれを目一杯に締めつけたあとに、不規則な痙攣《けいれん》を伴ってほどけていく。

だらり、しがみついていた腕がゆるんでシートに落ちた。ごつりと音が立ったのは、片手の端がドアポケットにぶつかったせいだ。なかば愉悦にとろけたままの頭でそれを理解したとたん、ひどくおかしくなった。

「……やっぱ、狭い」

「おれも臣さんも、ちいさくはないですからねえ……」

慈英は慈英で、無理やり曲げていた脚が痛むらしい。余韻もなにもあったものではない会話を交わして、互いの目を見つめたあとに同時に噴きだした。

「ふ、くは……っ、なんか、なにやってんの、おれら」

「はは……さすがにちょっと無茶しましたね」

お互いを抱きしめ直してひとしきり笑ったあと、なんとなくキスをする。官能を高めるためではなく、ただ相手へのいとおしさを伝えたくてする口づけは、ヒートアップしていた身体をやさしく落ちつかせてくれた。

「……ていうか、これどうやったら抜ける？」

「ええと……」

行為の最中はただ夢中だったけれども、はたと気づけばあちこちにつっかえるような体勢になっていて、身をほどくにもいささか苦労した。お互いその途中でまた笑ってしまって、臣が思わず「人間知恵の輪状態だなあ」とつぶやくと、慈英はめずらしく「ぶはっ」と噴きだした。

「ちょっ……臣さん、笑わせないで。よけい変なことになる」

「ていうか、早くゴムの始末しないと汚れるんじゃねえの、これ」

「だから協力してくださいよ。脚、ほら……こっちに」

「いでででっ！　それ無理、無理ってそれ！」

色気もなにもないやりとりを交わしつつ、どうにかこうにか身体を離した。時計を見ると思ったよりも時間が経っていたため、大慌てで身仕舞いをすませることになった。


「……セーター伸びてる気がする、ごめん」

「わかりゃしませんよ、このくらい」

念のため車窓を全開にして換気をすませ、祭りの会場へと戻りはじめた臣の耳に、和太鼓の力強い音色が響いた。

「完全にはじまっちゃったか」

「すこし急ぎましょうか。……急いで大丈夫ですか？」

「あー……。うん、まあ、なんとか」

いささか腰にちからがはいらないものの、ふつうに歩けることで、慈英も加減はしてくれていたようだと知れる。それがありがたいような、あの状況でも完全に理性を飛ばさないのが憎らしいような、複雑な気分で臣はうなずいた。

さきほどは右手に見ていた森の斜面を左手に、一本道を引き返していく。どうっと、森を揺らす音が強く耳を打って、臣は顔をあげた。

「さっきより、風出てきたかな？」

「いや、でもそんなに吹いてる気はしませんが……」

「でもなんか、音すげえんだけど」

うえのほうだけ強いのだろうか。そう思いながら月に照らされる森を見あげたそのとき、不自然に揺れる木があることに気づいた。

強風のせいであれば、森全体が揺れるはずだ。けれど上方から順に、一部の木々だけががさりがさりとたわみ、音を立てている。ひどい違和感を覚え、首筋がざっと総毛立った。

「……慈英、ストップ」

「臣さん？　なにか——」

手をかざして慈英の歩みを止めた臣は「しっ」と短く鋭い息を吐いた。どう、どう、どう、というわずかな振動とともに聞こえる、重たい音。

風音かと思っていたそれが、荒い鼻息と足音、そしてその持ち主が木々にぶつかって立てる音であると気づくのに、そう時間はかからなかった。

(クマか……いや、それにしちゃちいさいような……)

思いだしたのは赴任当初の、クマがでたという話だ。市内に戻ったのちも、県内でクマ被害の話がニュースになったこともあって、いまさらながら三毛別《さんけべつ》の羆《ひぐま》事件などを調べたりもしたが、その被害のすさまじさと凄惨《せいさん》さに恐怖したのを強く覚えている。

警戒したまま、臣は音のほうをじっと見据えた。森と道路の境目には防獣フェンスが張られているけれど、よく見ればそこにはおおきな穴があいている。

出てくるな、という臣の願いもむなしく、ぬうっとおおきな影が道に現れた。月が雲に隠れ、ふっとあたりが暗くなるなか、その獣の目だけが、爛々《らんらん》と光っている。

臣はとっさに、慈英を庇うようにまえにでた。

「臣さん、いったい」

「わかんねえ。でも動かないほうがいい」

よく見るとクマほどのおおきさはない。だが野良犬《のらいぬ》のたぐいではないのはわかる。十メートル以上は距離があるのに、漂ってくる強烈な獣の臭い、そして異様なほどのおおきさに、震えと鳥肌がおさまらない。

ぐびりと喉を鳴らした臣が身がまえていると、巨大な影の隙間から、ちょろり、となにかが飛びだしてきた。目をしばたたかせ、臣はつぶやく。

「……あれって、瓜坊《うりぼう》じゃねえか？」

ふたたび、風が吹いた。雲が流され、あらわになった月の明かりに照らされたその獣の背中には、幾筋かの縞《しま》模様。楕円形《だえんけい》に似たシルエットから、イノシシの子だと知れる。ぴょこぴょこ、もたもたと歩く姿には一種のユーモラスささえあった。

しかし――その背後に構えている、おそらく母イノシシは、あまりに巨大すぎる。小型自動車並のおおきさはあるのではないか。

「子連れですね。動かないほうがいい」

「……うん」

ぼそぼそと会話する間にも、光る一対の目がこちらを睨んでいる。口の端から覗いているのは牙《きば》だろうか。ちょろりちょろりと動き回る瓜坊も、一見、ちいさくかわいらしく感じるが、母親との対比でちいさく映るだけの話だろう。おそらく近寄れば最低でも中型犬クラスのおおきさはあるに違いない。

固唾《かたず》をのんでいる慈英と臣をよそに、子イノシシはふすふすと鼻を鳴らして道のにおいを嗅《か》ぎ、しばし踏ん張った。かすかな水音と臭気、そして湯気が立ちのぼって、用を足したのだろうことがわかる。

目を離せないままでいた臣へ、ちいさな個体が振り向いた。やはり目だけが光っていて、正直恐ろしい。微動《びどう》だにできずにいると、瓜坊は気が済んだように鼻を鳴らして目をそらし、ふたたび森へとはいっていく。周囲を油断なく睨みつけていた母イノシシも、臣たちを一瞥《いちべつ》するなりそのあとへ続いた。

泥や木の葉がこびりついた、どっしりとした尻としっぽが森の奥へ向かうのを見て取り、緊張のほどけた臣は長々とした息を吐きだす。

「や……ばかった、なんだあれ」

「イノシシは夜行性じゃないはずなんですけどねえ……」

「里慣れしてるやつだったのかな。いきなり襲われなくてよかった」

見れば、慈英も顔がこわばっている。さすがに怖いもの知らずの男でも、野生の獣には震えるのかと苦笑した臣の目のまえで、「あ、そうだ」と彼は持っていたタブレットを取りだした。あげく、森に向かってシャッターを切るから思わず臣は失笑する。

「おい、いま撮るんかよ。真っ暗でなにも映んねえんじゃねえの？」

「あとで色調補正すれば、おしりくらいは見えるんじゃないかと……ああ、どうにかシルエットは映ってますね」

「なにをのんきなこと言ってんだよもう」

さきほどかいた冷や汗を手の甲でぬぐった臣が肘で小突けば、慈英は「証拠です」と言った。

「だって、こんなとこでイノシシに遭遇したなんて、ひとに言っても信じてもらえないかもしれないじゃないですか」

「いや……そりゃどうだろ。だって浩三さんら、猟友会《りょうゆうかい》はいってるだろ？　わりとしょっちゅう軽トラのうしろに獲物乗っけてたぞ。シカとかイノシシとか」

「えっ、それは見たことなかったな」

この町にいた当時も、慈英はなんだかんだ家にいて絵を描くか絵画教室をやっていることが多いため、現場を見ることはほとんどなかったようだが、臣は見回り中出くわした猟師たちのたくましさをいやというほど知っている。

「狩猟許可とってるひとは、害獣駆除の仕事も受けるらしいから、わりと定期的に狩りに出てたぞ。銃《じゅう》だけじゃなく、罠猟《わなりょう》とかでもやってた」

害獣として有名なハクビシンの駆除はそれこそ長野市内でもよくアナウンスされているが、身体のおおきなイノシシなどは農作物を荒らすだけでなく、人的被害もありうる。県としても、捕獲や駆除だけでなく、生息区域の整備やエサ場になりがちな生ゴミの処理など、あらゆる角度から取り組んでいる状況だ。

「素朴な疑問ですけど、獲《と》った獣肉って、そのまま食べたりしてるんですかね？　それとも売るのかな」

「食品衛生法とかあるから、それ関連の許可取ってれば販売できるはず。浩三さんなんかは、その辺ぬかりないだろ」

浩三は基本的に農業を営む傍ら、町おこしのそば打ち体験宿など、さまざまな店の経営者でもある。食事を提供する側にいる立場上、各種の許可は取っていて当然だ。

「シーズンだとしょっちゅう獲れるって言ってたから、売らないぶんは自分らで消費するんじゃないか。倉庫で血抜きと解体して、そのままバーベキューしてる現場見たことあるし」

自己責任になるけど、身内になら配れるからすこし持ってくか――と言われ、シシ肉をキロ単位でもらったこともある。臣がそう言うと、慈英は目をしばたたかせ、顎をさすった。

「ああ……それは、なかなか、ワイルドですね」

「ワイルドって。ちなみにおまえ、それなんべんか食ってるからね？」

いまさらなにを言う、と臣が怪訝《けげん》な顔をすれば、慈英は「えっ」と声をあげた。

「あ、そうか……いい肉手にはいった、って言ってたのって……」

「まさに『とれたて』ってやつだよ。燻製《くんせい》にしたり、熟成させたりはしてたみたいだけど」

なるほど、と目を白黒させる慈英に、相変わらず変なところだけ鈍い、と笑ってしまう。

「逆に、あれだけ地元密着な生活してて、なんで現場見たことないんだよ」

「いや……そういえば、先生にはちょっと刺激が強いから、とか言われて、倉庫に近寄らせてもらえなかったことがあったような」

なるほど、と臣は苦笑した。町のひとたちも、『絵描きの先生』である慈英の感性にはどぎつすぎると思って遠慮したのかもしれない。実際には芸術家というものは、相当にえげつないものを見たり創ったりするものだと、慈英との関わりで臣は学んだが、彼らにはもっときれいな慈英の姿が映っていたのだろう。

「なんだかんだ、過保護にされてたんだなあ、センセイ」

「若干、コメントに困りますよ、それ」

苦笑したあと、それにしても、と慈英がつぶやいた。

「野生のイノシシって、あそこまでおおきいんですね。一部の地域で神獣扱いされていたというのも、わかる気がする」

「たしかにな。でかい動物って単純に怖いってのもあるんだけど、なんかこう……すごいな」

自分の語彙《ごい》のなさにあきれてしまったが、慈英は茶化すこともなく「すごかったです」とうなずいた。

「驚いてしっかり見られなかったけれど、もっとちゃんと観察できればよかった」

「のんきなこと言ってんなよ。あのまま突進されでもしたら、お互い無事じゃすまなかったぞ」

「まあ、そうなんですけど……」

慈英は口ごもり、さきほどイノシシが去って行った方を惜しむように振り返る。そのまま追いかけて行く気ではあるまいなと、臣は腕を摑んで引っ張った。

「ほらもう、さくさく行くぞ。祭り終わっちまうから」

「あ……ああ、すみません」

気が惹《ひ》かれるものがあると、常識的判断が危うくなるパートナーのことはよくわかっている。すたすたと歩きだしながら、むしろあの場で慈英がすぐに観察にはいらなかったほうが意外だったと臣は思った。

「ていうか慈英、よくあの場で写真撮るとか言いださなかったな？」

疑問をそのままぶつけると、「なにを言ってるんですか」と慈英が眉をひそめた。さすがにおのが身の危険くらいはわきまえるか、と思ったのもつかの間。

「そんなことして刺激して、危ないことになったらまずいでしょう。臣さんがいるのに」

「……いや、待って。それっておれがいなかったらどうしたか訊いていい？」

やはりどこかずれたことを言う慈英をじっとりした目で見れば、ふむ、と彼は首をかしげた。そして長考ののちに「どうしたかなあ……？」と真面目《まじめ》に困惑したような声をだすからもう、あきれるしかなくなる。

「えっとさ。頼むから今後、なんかやらかしそうなときは『ここにおれがいたら』って想定してから動いてな？　慈英」

「そうそうイノシシはでないと思いますが……それになにかやらかすのは圧倒的に、おれより臣さんのほうで」

「いいから、肝《きも》に銘《めい》じといてくれ！」

自分の目の届かないところで、この男は本当に大丈夫なんだろうか。いささか業腹《ごうはら》な気もするけれど、これはアインにきっちり、目付役《めつけやく》をしてもらった方がいいかもしれない。

妙な疲労を覚えつつ、祭り会場までの道すがら、臣はひたすら慈英の腕を引いて歩き続けた。

＊　＊　＊

「おや、どこ行ってたんだよ先生たちは」

おれの出番が終わっちまったじゃねえか、と祭り装束のままむくれてみせる浩三に詫びながら、「ちょっと散歩してたんですけども、じつは……」とさきほど見かけたイノシシの話をした。

てっきり「危ないじゃないか」とでも言うかと思っていたのだが、浩三や周囲の青年団の面々は、休憩所代わりのテントのなかで酒を飲みつつ、平然としている。

「ああ、子連れならうちの庭先によくくるやつかね？　それならわりと人慣れしてっから、いきなり襲いやせんだろ」

浩三の言葉に「庭にくるんですか!?」と臣が声を裏返せば、「うちの庭、山から続いてるもの」とけろりとした顔を向けられ、言葉を失った。

「そもそも、このあたりで山に続いてねえうちがあるもんかよ」

「違いねえや」

げらげらと笑う彼らのたくましさに、ひさびさに圧倒されるような思いがする。

「でも、おれが駐在してたころ、そんな話聞きませんでしたけど……」

「あの時期は、山に食い物けっこうあったからだろう。今年はちょっと天気もよくなかったからな、たまに降りてきて畑荒らすのさ」

「対策もしてるけど、あいつら柵《さく》でもなんでもぶち破るからなあ……」

そこからひとしきり、害獣対策はどうしているかの談義になった。有刺鉄線に電気を流したりもしているが、おかまいなしで突進されては仕掛けそのものが壊されておしまい、だそうだ。

「けど惜しかったな、ぼたん鍋によかったのに」

「いや……あんなでかくちゃあ、大味なんじゃないですか」

「なに食って育ったかやらで個体差があるから、おおきさだけじゃあなんとも言えねえわ。冬のオスがまずいのだけは確実だけどもな。くさいんだ、あれは」

知識のない臣は、そういうものなのか、とうなずく以外できなかった。浩三は「でもまあ」と残念そうに言った。

「どっちにしろ、ここらじゃ銃は使えねえし」

猟銃を使える区域は法で定められていて、こういった民家の近くでは当然、万が一の誤射があってはならないため、強く禁止されている。

「時期でも昼間しか撃っちゃいけねえんで、いま時分は無理だなあ」

なるほど――とうなずきかけて、臣はわずかに首をかしげた。

「あれ、でも、浩三さん、まえに壱都を探して山にはいったときって、夜だった――」

「……あー、ははは？　ありゃ空砲だ、空砲。こけおどしだよ」

犯人とはちあわせた際、自警のために持ってってただけだと浩三は言うけれど、若干目が泳いでいる。あのときも鳥を撃ったのだとかなんとか言っていた気がするけれど。

（ええと、これは……）

追及すればいろいろとよろしくない気がしたので、臣もまた「ソウデスカ……」と棒読みで返すほかなかった。

「……ま、山には山のルールがあるんでしょうから。おれはなにも気づいてませんから」

「そういうこったね。やあ、話のわかるひとで助かるわ」

ばしばしと背中をたたかれ、ほんとにこのひとは……と苦笑した臣の耳に、突如、どおん、と重たい衝突音がした。その後、潰れたような声で悲鳴があがる。ひとの声ではなく、ヤギのそれだとすぐに気づいた臣は、はっとしてその方角を見る。浩三も、すぐに腰を浮かせて警戒態勢をとった。

「おい!?　どうした!?」

「浩三さん、あれ……！」

さきほど臣にじゃれついてきたヤギが、すごい勢いで走ってくる。祭りに興じていたひとびとの一部がどよめき、そのあとわあっと悲鳴をあげて逃げていく。

のそりと、陰から姿を現したのは、さきほどまで語っていた山神《やまがみ》と同じく——だが、さきほどのものよりずっと凶暴そうな、イノシシだった。

浩三はとっさに、走ってきたヤギを捕まえる。びみゃあ、と悲鳴をあげるそれを「押さえていてくれ」と託され、臣はどうにかその怯える身体を抱きしめた。

「さっき見たってのは、あいつかい？」

「いえ、あれよりはすこしちいさいような……」

月明かりのした、子どもを従えていたあの巨体もすさまじい迫力だったが、爛々と光る目に敵意はなかったことが、いまさらながら知れる。

祭り会場を強襲したイノシシは、猛々しく荒い息を何度も吐き、血走った目で全身から獰猛《どうもう》さをにじませている。がつがつと足先で地面を掘る姿は、こちらへ向かって突進し、なぎ倒そうとするための予備動作だ。

「……まずいな、ありゃ。手負いだ」

浩三の声と顔つきが変わった。驚く臣に対し「先生たちは下がってな」とおおきな手を振ってみせたのち、背後にいる青年団のひとりに対して、ハンドサインのようなものを送る。了解した、というようにうなずいたひとりが、どこかへと走って行った。

「浩三さん、いったい——」

「しいっ」

短く鋭い制止が浩三の口から漏れた瞬間、うなり声をあげたイノシシがこちらへ向かってくるのがスローモーションのように見えた。

猛烈な勢いで走るイノシシが焚き火を蹴散《けち》らし、テントの一部が崩壊する。このままではやぐらに衝突してしまう。そうなれば大惨事だ。

（どうすりゃいいんだ、これ——）

自分のちからのなさに青ざめるほかない臣が呆然《ぼうぜん》としていると、突如、クラクションの音と同時に「道あけろ！」という怒声が飛んだ。町民たちはパニックになることもなく、声のとおりにさっとイノシシの走る空間から身を引く。

そしてその対面からやってきたのは、祭り会場を設置するため機材を載せていた、軽トラックだった。

「そのままつっこめ！」

浩三がおおきく手を振って指示したとたん、トラックは一気に加速した。そしてそれにひるむことなく、まっすぐにイノシシはつっこんでいき——。

「！」

その瞬間、思わず臣は目をつぶってしまった。どおん、というすさまじい音のあと、あたりに静寂が戻ってくる。無意識にこわばっていた全身の力を抜けば、前方がわずかにひしゃげたトラックと、横たわり動かなくなったイノシシの姿があった。

「いったか?」

「まだだな。トドメ、さしてやらんと可哀想だ」

トラックから降りてきた男と浩三が、淡々とした会話をしている。すぐに若い衆のひとりが走って行き、銛《もり》のようなものを手にして戻るや「見んほうがええぞー」と声を張りあげた。

女性の一部と子どもたちは顔を背けたが、ぐるりとイノシシを囲んだ男たちはしずかに顔を見合わせうなずきあい、長い銛で最後の一撃を与えた。

声はなく、わずかに痙攣《けいれん》していた動きが終わる。いのちがひとつ、消える。

ごくり、と臣は喉を鳴らした。その背中を軽くたたいたのは慈英だ。

「すごいものを、見ました」

「……うん」

慈英の目はなにか、不思議な色に輝いていた。臣もうなずいて、「もう大丈夫だ」と言った浩三にうなずき、近づいていく。驚いたように、浩三が目を瞠《みは》った。

「おい、先生は見て平気かね」

「平気です。というか……もうすこし、見せていただいても？」

「いいなら、べつにかまわねえよ」

慈英とともに側《そば》に寄って確認したイノシシの身体は、ヤギの小屋に体当たりした際刺さったのだろう木片がいくつもついていたが、それ以外にも傷を負っていたようだった。口元から生えた牙は片方が折れていて、片目もつぶれている。傷跡もなまなましく、どうやらここに来るまでに、なにかと戦ったらしいことがわかった。

「喧嘩でもしたんですかね」

「たぶん、縄張り争いに負けたかしたんだろうなあ。まだ若いようだ」

言って、浩三は手をあわせた。慈英も臣も、それにならう。とたん、どおん、とやぐらのうえから太鼓の音がした。弔《とむら》いの意味があるのだろうな、と、なんとなく察する。

「……さて！　じゃあ、これどこでバラすかい？」

「へっ？」

顔をあげたとたん、けろりとした声で言う浩三に臣は目をまるくする。さきほど軽トラを飛ばしてきた男が「じゃあおれがこのままさばいてくるわ」と言ってのける。

「血抜きどうするな」

「ここじゃさすがにな。うち、すぐそこだからよ」

男たちは手順を話しあいながらてきぱきとトラックにイノシシを乗せる。ことのなりゆきにただただ唖然《あぜん》としていれば、今度は尚子が声を張りあげた。

「みんな、シシ鍋追加になるよー！　そのまえに片づけしちまおう！」

わあっ、と声があがり、めいめいがすごい勢いで働きはじめる。イノシシが撥《は》ねられたあとの血だまりを掃除するもの、臣からヤギを引き取り、壊れたテントを直しはじめるもの、ヤギの小屋を確認しに行くもの。子どもらは「シシ肉だ！」と歓声をあげつつ、親に言われて畑から野菜をとるため走って行く。

皆、誰もが、たくましい。

「すげー……」

「ええ、本当に、すごい」

圧倒された臣がつぶやけば、傍らの慈英が静かに震える。

「神事の最中に、山神を喰《く》らう。……これも、むかしからの営みのひとつ、なんですね」

いつも以上にきらきらした目には、なにか自分と違うものが見えているのだろう。ふ、と笑みこぼした臣は、慈英の背中をそっとたたく。

「慈英。……描いてくるか？」

「え、あ……でも」

「いいって、遠慮すんなって」

本当は、さっきの母イノシシを見たときから、うずうずしていたのはわかっている。それでも祭りに招いてくれたひとや、臣を優先していたけれども、あんな強烈な光景を見てしまったこの男が、刺激を受けないでいるほうが無理な話だ。

「どうせ画材道具一式、持ってきてんだろ。取りに行ってこいよ」

笑ってうながしたのち、「あ、それから」と臣はつけくわえる。

「ついでになんか、着替え借りてきてくんないかな。浩三さんから」

「え？」

「さっきのヤギ、びびりすぎて漏らしたみたいだ……」

落ち着いて気づいたときには、臣のジーンズはべっちょりと濡れそぼち、臭気を放っていた。

こらえきれず噴きだす慈英に蹴りをひとつくれて追いやり、とんだハプニングに見舞われた祭りが再開するのを、こちらも苦笑して見守るほかなかった。

＊　＊　＊

小一時間後、臣は公民館の近くに家のある尚子が「風呂貸すよ」と申し出てくれたため、ヤギの粗相に汚れた身体を清めることができた。着替えについては、大月のおばあちゃんが臣と慈英の浴衣を用意してくれていたようで、「寝間着に使えばと思ったんだがね」と言われながら着付けまでしてもらうことになった。

その間に、祭り会場は青年団を中心とした面々の機敏な働きによりあっという間に修復が施された。女性陣もまたさきほど仕留められたイノシシの肉を手際よく調理していき、巨大な鍋で作られた豚汁ならぬシシ汁に、甘辛くたれで味付けした丼《どんぶり》。誰かがバーベキューの道具を調達してきて、焼き肉までもがくわわる。

「ついでだから、もうちょっと寝かせたやつも持ってきたよ」

猟友会の面々は「だったらこれも、あれも」と、自宅で貯蔵していたシカやらなにやらを持ち寄って集まりだし、着替えを終えた臣が再度公民館に赴いたときには、祭り会場はすっかりジビエ焼き肉パーティー会場へと変貌《へんぼう》していた。

「おう、風呂あがったのかい。こっちおいで」

「このへん、いい具合に焼けてるわ。食べな」

「ど、どうも……いただきます」

臣に気づいた焼き担当の青年団員が、手早く紙皿にイノシシの焼き肉を載せてくる。せっかくなので立ったまま、熱々の焼き肉に刻《きざ》み葱《ねぎ》とごま油をまぜた薬味をたっぷり載せて頬張《ほおば》ると、豚肉とはまた違う滋味のあふれる肉汁が口のなかに広がった。

「なんっだこれ、うまい……！」

弾力のある肉は噛めば噛むほど味が深くなるようだった。感動しながら食べていると、肉を取り分けてくれた男が「そりゃよかった」と豪快に笑う。

「腕のいいやつが、あっちゅう間にさばいてきたからうまいんだよ。解体に時間食うと、それだけでまずくなっちまうからね」

「え、でも肉ってすぐより熟成させた方がいいんじゃないんですか」

「そりゃ、温度管理なんかをちゃんとして熟成させた場合だわな。ただ時間置いただけじゃあ、ふつうに傷んでまずくなるだけだもの」

「へえ……」

なるほどなあ、と思いつつ肉を頬張っていると、背後から「こっちも食べな」と声をかけられ、湯気の立つプラ椀を差しだされた。

「あっ、尚子さん！　お風呂ありがとうございました」

「いいよいいよ。服は洗濯して乾燥機にかけたから、乾くのもう少しかかるけども」

「え、そこまでしてもらっちゃったんですか……ビニール袋にでもいれてくれれば、持って帰って洗おうと」

「冗談。そんなことしてたら、臭いが染みついちまう。ヤギくさくて二度と着られない服になっちまうよ？」

それはさすがに勘弁だ、と苦笑して、臣は丁寧に礼を告げた。

「いいから食べなって。シシ汁、あったまるよ。汁物だからその辺に座りなよ」

ついでににぎりめし持ってきてあげるよ、と相変わらず世話焼きな彼女にあまやかされ、臣はありがたく言葉にあまえた。

空いていた椅子に腰掛け、シシ汁をすする。葱とショウガで臭み消しをしたそれは、少し前に食べた豚汁よりさらに味が濃く、騒動と——ひとには言えないが、さきほど慈英のおかげで疲れさせられた身体に、ひどくしみた。

ほっと息をついていると、相変わらずご機嫌なままの堺が、こちらもシシ肉の盛られた丼を手に近づいてくる。

「おっ、いいもの着てるじゃないか、臣」

「あはは、堺さん。いいでしょう」

臣は袖をつまんで振ってみせた。さすがに外では浴衣一枚で寒かろうと、ウールの茶羽織を浩三が貸してくれていた。薄手に見えてあたたかく、よいものだ。

「しかし、なんで着替えとるんだ、おまえ。しかも、ひょっとして風呂あがりか?」

わずかに湿った髪を指摘され、臣は逆に驚く。

「……さっきのイノシシ騒ぎ、見てなかったんですか?」

「いや、おれは公民館のなかの宴会場にいてなあ。出たときにはもう、浩三さんたちが肉さばくぞーって出て行くとこで」

堺もさすがに状況を聞いて酔いもすこし覚めたそうだが、なにしろ有能な青年団の面々が騒ぎの始末から片づけからあっという間にやってしまったので、なにも出番がなかったそうだ。

「それで、なんでおまえが着替える羽目になったんだ」

「……イノシシに突撃されてびっくりしたヤギ、捕まえといてくれって言われて」

「言われて？」

「そのままびったヤギが、おれの膝のうえで、漏らしたんですよ……」

案の定、話を聞くなり堺は遠慮もなく爆笑した。「署では言わないでくださいよ！」と臣は目をつりあげたが、相手は酔っ払い。おそらく、釘《くぎ》を刺すだけ無駄だろう。

「あっはっは！　しかし、署内いちのハンサム刑事《デカ》が、しょんべんまみれとはなあ！」

「もう、そのなつかしいあだ名やめてくださいって……だいたいハンサムって死語も死語じゃないですか」

臣があきれて言えば、「そうか、いまどきならイケメン刑事か」と堺がうなずく。だがそれに対しても、臣はかぶりを振った。

「イケメンも、古いらしいですよ」

「なんだ、面倒くさい。どうせ古いなら、あれだ。二枚目刑事でいいだろ、二枚目刑事で」

「雑にしないでくださいよ！　語呂《ごろ》悪いし嬉しくないし！」

せっかくうまいものを食べてご機嫌でいたのに、とふくれていれば、姿の見えなかった慈英が「臣さん」と片手をあげて近づいてくる。もう片方の手には案の定、ふだんから持ち歩いているクロッキー帳があった。

「おー慈英。気は済んだ？」

「はは。臣さんもさっぱりしましたね」

うしろに撫でつけた洗い髪が跳ねていたらしく、なにげない振りでそれを直される。隣に座れば、と勧めれば、同じテーブルについた堺が慈英の持っていたものに気づく。

「なんだ秀島さん、こんなとこにきて仕事かね」

「あ、いやこれは……」

「さっきのイノシシ騒ぎで、インスピレーションが湧いたんだってさ」

あっという間にシシ汁を食べ終わった臣が、尚子が運んできてくれたおにぎりと焼き肉をつつきながら答える。肉を噛みしめるたびに感じる濃い味は、いのちの味なのだと改めて感謝しつつ、大事に飲みこんだ。

「あー、ほんっとうまい……」

しみじみと言いながら、慈英が運んできてくれたビールで口のなかをさっぱりさせる。

「そういえば、狩猟免許持ってるひとって年配が多くて、返上するひとたちも増えてるらしいな」

「そうなんですか？」

「うん。ハンター資格持ってるひと、免許制度の導入時の半分くらいだとか。そのせいで鳥獣被害が増えてるって話もあるらしい。若い連中が狩猟に興味持たないから、やめるひとの補充にならないって」

壮年の浩三らなどは、ハンターとしては相当な『若手』なのだそうだ。慈英は「基準を満たすのがむずかしいとか？」と問いかけてくる。

「んー。狩猟許可自体は免許制だから、試験に受かれば取れるけど、あとは銃の所持かなあ。猟銃って、警察での所持許可がいるし」

「……それ、おれみたいな自由業の場合ってどうなんでしょう？」

「おれも担当じゃないから細かいことまではあれだけど、周囲の評判とか審査がはいって、ＯＫならいいらしいぞ」

ふむ、と真剣な面差《おもざ》しで考えこみはじめた慈英に「まさか免許取るの」とうろんな目で問いかける。

「いや、ちょっといいかなと……」

「やめてほんと！　うっかり事故ったりされたらと思うと、心配でやってらんねえから！」

「ひどいなあ」

「ひどくないって！　堺さんも聞いた？　こいつ――」

話を振ろうとして、堺が妙に静かであることに臣は気づく。どうしたか、と思って隣をうかがえば、なんと上司はテーブルに突っ伏して居眠りをしていた。

「あーあ、もう……丼も手ぇつけずに。だから飲みすぎって言ったのに！」

このままじゃ風邪《かぜ》を引く、と臣が茶羽織を脱いで肩にかけてやる。せっかくの肉丼が冷めていくのはもったいないと引き寄せれば「まだ食べるんですか」と慈英が目をまるくした。

「いろいろあって、腹減ったんだよ」

「ああ、まあ……そうですね、いろいろありましたしね」

ふつりと言葉が途切れ、目があった。お互いなにを思いだしたのかは言わなくてもわかる。ふいっと顔をそらし、臣はテーブルのしたで相手の長いすねを蹴る。

「痛い。なんで蹴るんですか」

「うるさい、ばか。……えっち」

小声でつけくわえた末尾の言葉に、顔を寄せた慈英がひっそり「ひどいな」とささやいてくる。ざわりと背筋が震え、臣はさらに何度か、脚を蹴ってやった。

なんとなく耳が赤い気がするけれど、風呂あがりのせいとでも酔いのせいとでも言いつくろえるだろう。わしわしと肉丼を頬張る臣を前にして、慈英は静かに笑っていた。

＊　＊　＊

結局シシ肉パーティーは深夜まで及び、臣と慈英は案の定、「今夜は戻れないだろうから泊まっていけ」と言ってくれた浩三の言葉にあまえることになった。

「だいたい、警部さんはそれじゃもう、どうにもなんねえだろ」

「ほんっとにすみません……」

酔いつぶれた堺は揺さぶってもなにをしても起きず、けっきょくは浩三がかついで運んでくれた。かつてアインも泊まったことのある離れに床《とこ》をのべてもらい、転がし終わったころには、臣の疲れもピークを越えていた。

ぐったりしながら縁側で月を眺めていると、こちらも大月のおばあちゃんが仕立ててくれた浴衣姿の慈英が、酒となにかの皿が載った盆を手に部屋へとはいってくる。

「お風呂いただきました。臣さんは？」

「おれはもういいよ……お疲れさん」

「そちらこそ。しかしまあ、ハプニングだらけでしたね。……ビールと日本酒、どっちにします？」

なんだかんだと騒ぎのせいで飲みそびれていた彼は、ふたりで静かに飲みたいと、風呂あがりの晩酌を提案し、臣もそれに乗った。

ビールがいい、と缶を受け取り、プルタブを開けながら「まったくなあ」と臣は苦笑する。

「この町って平和なのかそうじゃないのかわかんないや」

「町がそうなのか、臣さんが連れてくるのか、どっちでしょうねえ」

「ひとを疫病神《やくびょうがみ》みたいに言うなっての」

あながち否定もしきれないので、ふくれるしかない。ごくごくと喉を鳴らしてビールをあおり、臣は盆のうえにあった団子に手を伸ばした。

「あまいものは別腹。そしてなんでもつまみになる」

「まだなにも言ってないじゃないですか」

「まだ、ってことは言う気だったろうが」

くっくっと笑う慈英の肩を小突いて、串《くし》に刺さった団子をかじる。小豆《あずき》あんのはいった草団子に、なかにみたらし餡《あん》のはいったものが交互に刺されたそれは、もっちりとしておいしい。

「そういえば結局おまえ、どういうの描いたの」

ふと思いだして臣が問えば、「見ます？」と応えた慈英が鞄《かばん》からクロッキー帳を取りだし、臣へと渡してくる。

「見ていいの？」

「かまいませんよ。ほんとにラフですけどね」

汚さないように団子をよけ、そわそわと開いたクロッキーには、月光を受けてたたずむ、神秘的な獣の姿があった。

揺れる木々に、地面へと長く伸びた影。その足下には神々《こうごう》しいような獣によく似た、けれどずいぶんとかわいらしい瓜坊の姿がある。ボールペンのみで描かれたとは思えないほど、生き生きとした絵がそこにあった。

「あ、これ……まえのやつのほうか」

「ええ。忘れないうちにとどめておきたくて」

たしかにタッチとしてはラフといえるかもしれないが、月光を背に、ほのかに光っている毛並み。いまにも動きだしそうな月夜の獣の姿は、やはり見事と言うほかにない。

「このまんまでも売り物になりそうだなあ……」

「いや、はは。覚え書きですから」

おだやかに笑って慈英は言うけれど、いい絵だと臣は思った。そしてなぜだか、これはさきほど斃《たお》された――いまは臣の胃にもおさまったあの獣への、手向《たむ》けでもあるのではないかと、そんなふうにも感じられた。

同時に、ふたりで見たあの光景がとどめられたもの、共有した時間を写し取ったそれが、ひどくいとおしいと、そう思った。

「……なあ慈英、この絵くれない？」

「え？」

「これほしい。おれ、これ好き」

「あ……じゃあ、ちゃんと仕上げて」

慈英の言葉を遮るように、臣はふるふるとかぶりを振った。

「これ、このまま、ラフのまんまがいいんだ。おまえが感じ取ったのそのまま描かれてる、これがいい」

だめかな。小首をかしげて目を見つめると、ふっと笑った慈英が「いいですよ」とうなずいた。

「このままじゃなんですから、市内に戻ったらパネルにいれましょうか」

「うん。部屋に飾る」

「わかりました」

ありがとう、と微笑んで、臣は大事に閉じたそれを慈英へと返す。

それからしばらく無言で、ふたりは月を見あげた。

慈英は杯《さかずき》に手酌《てじゃく》で、日本酒を静かに飲んでいる。浴衣姿で月見酒という風流さが、品のいい慈英のたたずまいによく似合うな、と思う。

じっと見つめていれば、慈英が「……ふふ」と突然笑った。

「なんだよ?」

「や、こうしてると不思議になりますね」

大都会のニューヨークとこの町とが、本当に同じ時代なのかと不思議になる。彼はそう言って笑う。臣もまた、せいぜい小一時間の距離なのに、だいぶ都会な長野市とですらギャップがすごいと感じているけれど、彼の感じる違いはその比ではないだろうことは想像がついた。

「環境がそこまで違うのって、どんな感じなんだろ」

考えてみれば、臣は県外にもろくに出たことがない。たまの旅行や仕事で東京に行ったこともあるけれど、滞在は数日程度のことだ。

単純に想像がつかない、と首をかしげれば、慈英がくすくすと笑った。

「さっきも言ったでしょう。おれはただ自分のなかにあるものを描くだけで、事務的な部分がちょっと楽だったり手間だったりする程度ですよ」

「そうは言うけどさ……」

日常的に目に映るもの、色、音。そうしたものはクリエイターである彼にとって、すくなからず影響するのではないだろうか。

本人はなにも違わないと思っていても――そう考えたのを見透かすように、酒杯を盆へ置いた慈英が手を伸ばしてくる。

「おれの世界は、そのまんなかにいるものは、なにも変わらないので」

じっと見つめられ、手をとられる。澄んだ目にいま映っているのは臣ただひとりで、視線にくらりとしながら、うなずいた。

真っ黒な目に吸いこまれるような心地でふらりと顔を近づけた臣は、しかし背後で眠る堺の「んがっ」といういびきに目をしばたたかせる。

「……ふはっ」

「ふ、ふふ」

いい雰囲気がすべて台無しになるようなそれに、ふたりしてちいさく噴きだし、肩を揺らした。

「まあ、そういうのは――」

「帰ってから、かな」

ひっそりと言いあって、指を絡ませ、ほんの一瞬、保護者の目を盗むようにキスを交わした。

いま握りあったお互いの指にはリングはないけれど、チェーンネックレスにぶらさがった、大事な誓いが揺れている。

「……向こうにいるときは、ずっとつけてろよ」

「むろんです」

臣が胸元のリングを探って言えば、慈英は重々しくうなずいた。ふふ、と笑って額をあわせ、もう一度だけ、唇をふれあわせた。

どこにいてもあなたが、世界の、こころのまんなかにある。

静かに伝えられた言葉は、そのまま臣の気持ちでもあると、この口づけで知ってほしい。

「……もうちょい、飲む？」

「いただきます」

酒瓶を手にうながすと、慈英がうなずく。返杯をどうぞと言われ、臣も杯を手に取った。

澄み切った酒が満ちる杯に映りこんだ月ごと、喉の奥へと流しこむ。

静かに更《ふ》ける秋の夜を飲みこんで、ふうと漏らした息は、ほのかに色づいていた。

遅日、あどけない日々はめぐり

はらはらと散る桜が、春の陽光を受けてあわくしろく浮かびあがる。そのひとひらが、自分の手にした酒杯へと誘いこまれてきて、霧島久遠《きりしまくおん》は「おっ」とちいさな声をあげた。軽い花弁は波紋すら起こすことなく、日本酒の澄んだ水面でゆらゆらと揺れる。

「あら、きれいね、すてき」

ひょいと覗《のぞ》きこんできた、この場の紅一点である女性の声に、久遠は顔をあげた。

「おや、アインさん」

「ハァイ。となり、いいかしら？」

ふふふ、と微笑《ほほえ》むアイン・ブラックマンは、それこそうつくしい女性だった。きれいに整えた金髪に、エキゾチックな肌の色。明るいところでは紫色にも見える瞳は、彼女の妖《あや》しい美貌《びぼう》をより際だたせている。

どうぞ、と自分が座ったシートの隣を手のひらで示す。アインは長い脚を折りたたみ、座りこむ仕種《しぐさ》もうつくしく、久遠はその美を目で堪能《たんのう》した。

「こんな無礼講の場ですから。断りなんかいれなくていいですよ」

「たしかに、誰がなにしてても、もうよくわかってないひともいるわねえ」

苦笑にも似た表情でアインが見やったのは、いまふたりが陣取ったおおきな桜の木の向かい、広げられたレジャーシートのうえで行われている酒宴だ。

ひさびさにニューヨークから舞い戻った秀島慈英《ひでしまじえい》の凱旋《がいせん》を祝おうと、既知の間柄で集まる企画をたてたのは久遠だ。最初は彼のいとこであり久遠の親友、そして仕事仲間でもある秀島照映《しょうえい》に、彼の恋人である早坂未紘《はやさかみひろ》、そして久遠自身と、身内の面子《メンツ》でささやかに行う予定だったのだ。

しかし慈英の帰国にあわせて休みを取っていた臣《おみ》がめずらしく上京できることになったとわかるや、なぜだか妙に彼になついている未紘、そしてこれもいつの間にか未紘とメル友になってい た志水朱斗《しみずあきと》が「小山《こやま》さんに会いたい！」と訴えたため、気づけば弓削碧《ゆげみどり》と、さらに佐藤一朗《さとういちろう》まで が参加することになっていた。

「それにしても目の保養よね。よくまあ、ここまでいい男ばっかり集まったこと」

「あはは、そういえば顔面偏差値の高いやつばっかりだ」

からからと久遠が笑えば「ガンメンヘンサチ？」とアインが不思議そうな顔をする。いまでは慈英のエージェントとして辣腕《らつわん》を振るう彼女は母国語以外に数ヵ国語を操る。日本語も堪能で、発音についてもネイティブにしか思えないほどだが、こういう微妙な言いまわしはさすがにわからないのだろう。「貴女《あなた》の言葉に同意しただけですよ」と久遠は流した。アインもとくに深追いすることなく「そう」と微笑む。

「それにしても、よくこんな静かな場所、見つけたわね」

「いいでしょう、穴場なんです」

久遠が暮らすのは東京でも端のほうにある、古い住宅街なのだが、自然が多く、かつては森だった場所を利用した公園がある。地元の有志が育てた桜の木が見事な花を咲かせるのだけれど、観光名所になるほど有名なものではないため、満開の時期だというのに周囲は家族連れが数組いるだけ、夜桜見物用の席取りシートもさほどにはない。

「まあ、ひとのすくない理由のひとつはお隣ですけどね」

「お隣って、墓地？　でも明るくてきれいなところじゃないの」

隣接した墓地は、この公園ができるのとほぼ同じ時期に作られた、比較的新しい霊園だ。当然、妙ないわれなどもないし、アインが言うとおり清潔ですっきりした造りになっている。それでも気分的に、墓の近くで花見というのは気が進まない人間も多いらしい。

「不思議ね。お寺や神社は観光巡りに選んだりするのに、墓地は避けるの？」

「霊園ができるまえに反対運動なんかも行われたから、近隣のひとは複雑なものがあったりするみたいでね。あとやっぱり気分的に、乗らないらしい」

「イギリスなんかじゃ、ゴーストつきの物件は高額で売れるのにね。まあでも、おかげでゆったりできて、よいことだわ」

にっこり笑うアインは、そのつややかな唇に酒を運ぶ。安っぽい紙コップは、彼女が持参した高級なワインで満たされている。そのアンバランスさが、彼女自身をあらわしているかのようにも思えて、久遠は不思議な気分になった。

「……あなたはあちらに混ざらないの？」

なんとなく見つめていた唇から、ごくなにげない問いかけをされる。だがどうしてか、胸の内を冷たい指で撫《な》でられたような心地になって、久遠は目を細めた。

「言うほど離れた距離にいるわけでもないでしょう？」

「そうね、でも、どうしてかしら。ほんの数歩で届く距離なのに、ここは遠い気がするわ。そして安全で、すてき」

アインはひどく意味深に言うと、すらりとした指でフレームを作り、カメラでも覗きこむように片目を細めた。

「日本の桜はうつくしいわね。とくに夜桜はいいわ。はかなくて、すばらしい」

彼女の目が映しているのは、おそらく桜だけではないのだろう。座の中心には慈英と臣がいて、穏やかに笑いあう彼らを見守る照映もいる。

久遠は、うっすらとした笑みを唇に刷《は》いた。

「あなたの場合、翌朝に踏みにじられて薄汚れた花びらのほうがお好みな気がしますけど」

おそらく、自分と同じようで違うものをこの女性は見ている。それがわかっているのだろう、指で作ったフレームを崩し、アインはこちらを振り返った。

「あら、それもまた美じゃないかしら。一夜の夢があけたあとの現実もいいものよ。それにしても桜の手ざわりはすてき。できるなら、この手のなかで……ゆっくりすり混ぜたいような」

「……本当に趣味がいいですね」

「あら、あなたこそ」

風向きが変わり、雲が流れた。まだらに落ちる雲影のせいか、目を細めたアインの紫の瞳が濃紺に陰る。いまは昼時、太陽は明るく世界を照らしているのだけれど、久遠はアインの背後にたしかに、しだれた夜桜を見たような気がした。

(これは、これは)

妖瞳《ようどう》を持つ美女とはまた、なんと桜にふさわしい。久遠はおもしろくなって、くすくすと笑う。

「まあでも、無理ですよ」

「なにが?」

「あそこには、守護神がいますからねえ」

視線で示したさきには、あきれ顔をしつつ若者連中が飲み食いするさまをあたたかな目で見守る、相棒がいる。どっしりとした背中とぶれない心。あの男をはじめて描いたという慈英の絵は、太陽そのものをキャンバスに閉じこめたような、苛烈《かれつ》なものだった。

若いころの照映を知る久遠としては、その絵にただ感嘆するほかなかった。たしかに十代から二十代にかけての照映は、ああした激しさを持っていた。いまは年齢を経てずいぶんおだやかに振る舞うようになったけれど、彼の本質はあの燃えさかる炎のままなのだ。

「なるほど、慈英の太陽ね」

「うかつなことをすれば、面倒ですよ」

「だからあなたも、慎重でいるの？」

「いやいや。おれは小物ですからね。それこそこうして」

さきほど、アインがやったのと同じように指でフレームを作る。よい画角《がかく》を探し、その場にいる全員がおさまる構図を探した。

「よきものを、よき位置から眺めているのが、最高に楽しいんです」

「……あなたこそ、いい趣味をしてるわ」

睥睨《へいげい》するように目を細められ、久遠は「いやいや」と笑った。そしてふと、真顔になる。

「まあでもね。そのぶんだけ、ひとよりよく見えるものもありますから」

「んん？」

「あなたのこともね。……見てますよ」

そう言って、久遠はフレームのなかにアインをおさめた。その瞬間、指で作られたちいさな空間はカメラのレンズではなく、銃眼《じゅうがん》からのぞく照準器となる。その中心で、アインはほんのわずか眉をあげたのち、艶冶《えんや》に微笑み、人差し指を突きだした。

ばあん。声のないまま、彼女の唇が銃声を形取った。

＊　＊　＊

「なん話しようらすとやろ」

空いた缶ビールを片づけていた未紘は、すこし離れた位置で微笑みあう久遠とアインを見つめ、ぽつりとつぶやく。同じく作業を手伝っていた朱斗が「なにが？」と首をかしげた。

「……なんかあのふたり、怖《えす》かったいね」

「えす……？　って、どゆ意味？」

「あ、ごめん。怖いってこと」

あわてて言い直す。もう上京してだいぶ経《た》つため、会社やそのほかのシーンでは標準語もすっかり身についている未紘だが、こうして身内ばかりになるとつい、気が抜けてなまりが出る。

対して、全国区で有名な方言だからか、関西弁をいっさい修正する気のない朱斗が、きょとんとした顔で目をしばたたかせた。

「え、怖いてなんで？　アインさんめっちゃ美人やし、久遠さんめっちゃやさしいやん？　ふたりとも、にこにこしてはるし、怖いことないよ？」

「あ、まあ……そう、だけども」

年齢はそう変わらないと思うのだが、未紘以上に童顔であるためか、朱斗はずいぶんと無邪気に見える。どう言ったものか、と苦笑した未紘の耳に「……知らぬが仏か」という照映の低いつぶやきが聞こえた。

「つーか未紘、なんなんだよあの人外魔境対決は」

「おれに言わんでよ。気づいたらあのポジションになっとらしたっちゃけん」

ぼそぼそと会話しながら、未紘は背中にうっすら冷や汗がにじむのを感じた。けれど朱斗は
「美男美女で絵になるやん、目の保養」とにこにこしている。

「いや、まあ、きれいかひとたちっちゃ、ひとたち……けど……」

あの妙な緊張感あふれる気配に気づかない相手へ、どう言ったものか。もごもごしていた未紘の背後から、「あれっ」と低い、しかしあかるい声を発したのは佐藤だった。

「おふたりとも酒がカラみたいですね」

「あ、え、そう……みたいですね」

「おれいってきます。このボトルちょうだいしますね」

にこっと笑って、佐藤は手近にあった日本酒のハーフボトルを手に立ちあがった。未紘にしてみれば、妖怪ぬらりひょんとメドゥーサが酒を酌《く》み交わしているようにしか見えないというのに、よくあの場に近寄ろうという気になる。

「相変わらず、大物だな佐藤くん」

つぶやく照映も同じ感想のようだ。こくこくこく、と未紘は何度もうなずく。

「つーか慈英、なんであんな怖いねえちゃん連れてきたよ」

「勝手にきたものをおれにどうしようもないでしょう。あとその呼びかたやめたほうがいいですよ、あの女、地獄耳ですから」

「聞こえてるわよ慈英」

涼やかな声が、ぼそぼそと小声でかわしていた会話に割りこむ。ひゃっと飛びあがった未紘がそちらを振り返れば、酌《しゃく》をする佐藤ににこやかに応対するアインはこちらを見てすらいない。

「……聞こえる距離じゃなかったと思う……」

若干涙目になった未紘がぼそりと言えば「だから地獄耳なんですって」と慈英がため息をついた。その横で、ひたすらもくもくと食事をとっていた臣が、なかばあきれたように目を細める。

「なんかアノヒトとこいつ、妙に通じあってるんだよね」

ため息まじりの言葉に、未紘が「そうなんですか？」と目をしばたたかせる。慈英は「やめてくださいよ、臣さん」と心底いやそうに言った。

「あくまでビジネスパートナーです。こういう身内の集まりにだって、本当はきてほしいわけじゃない」

「でもおまえ、積極的に追い返しはしねえよなぁ」

照映が不思議そうに言う。それに対しても、慈英は苦虫を噛《か》みつぶしたような顔になった。

「そんなことしたらあとが面倒なんです」

「どう面倒なんだよ」

「ただでさえしつこくていやみったらしいのが、五百倍くらいになる」

酒を口に運びながら、ふう、とため息をつく慈英を、未紘はめずらしいものを見る思いで見つめた。まじまじとしたその視線に気づいたように、慈英が顔をあげる。

「どうしたの、早坂さん」

その顔はいつもの、やさしくおだやかな慈英のものだ。仕事での関わりがあったせいか、慈英は未紘に対してことさら丁寧な対応をする。作家先生に対しては未紘もどうしても営業モードにならざるを得ず、「いえ……」と曖昧《あいまい》に笑ってごまかそうとした。

「言ってやっていいよ未紘くん。こいつ完全に自覚ないから」

けしかける臣もそこそこ酒がまわっているようだ。いつ見ても年齢不詳な脅威の美貌の持ち主にじっとりした目で見据えられ、未紘はうっとなった。

「小山さん、でも――」

「自覚ないって、なにがですか？」

「言っちゃっていいってば。おれが許すから」

ね、と微笑んだ臣がしなやかな指を肩にかけてくる。酒精の混じった息はひどくあまいにおいがする。そしてとろりとした目にかかる睫毛《まつげ》はけぶり、未紘は無意識に見ほれた。

「臣、だからそいつ目覚めさすなって」

照映が苦笑しながら言い、「目覚めさせるってなにがだよ？」と臣は小首をかしげた。きれいなひとなのに、自分よりもずいぶん年上のはずなのに、きょとんとした顔をすると臣はひどくかわいい。

「ねーって、言っちゃえってば」

ついには顎《あご》を肩に載せられ、上目遣いでねだるように言われてはしょうがない。あーあ、という顔をする照映と、首を振って苦笑する慈英に目配せで謝罪したのち、未紘は口を開いた。

「いや、秀島先生がそういうふうに、ひとに対して、こう、あからさまにいやな顔するのがすごくめずらしいなと思いまして」

「え……そうかな?」

本気で自覚がなかったらしく、驚いた顔をする慈英に「そうだよ」「そうそう」と照映と臣の声が重なった。

「大抵、いやな相手だろうとなんだろうと、薄ら笑いでごまかすくせして、あのねーちゃん相手にはすげー顔するんだよな、毎度」

「三島《みしま》に対してもあんま愛想いいわけじゃねえけどさ、アインさんについては、なんかガキっぽいんだよ」

にやにやしながらの照映の言葉に、臣がふてくされた顔で追撃をくわえた。そうかなあ、と納得いかない顔で首をかしげた慈英に「そうなの?」というような目で見られ、未紘はなんとなく目をそらす。

「いや、おれはおつきあいも浅いですし、なんとなくそういう気がしただけで……」

「逃げんな未紘くぅん！　言ってやってよ！」

「あああ、小山さん首！　首決まってますから！」

タップタップ、と未紘は強靭《きょうじん》な腕をたたく。ほっそりして見えるが、じつのところ柔道有段者の現役刑事に、酔って自制の利かない状態で締められてはたまったものじゃない。すぐに腕はゆるんだけれど、その代わりほとんどおんぶするように背中にしなだれかかられた。

「むっかつくんだよなもう……やーな顔するくせに、アインさんがなんかやらかすと、代わりに謝るんだぜ、こいつ」

「ほほー」

「……あれが身内になにかやらかしたら、そうするしかないじゃないですか」

ぶつくさ言う臣に、おもしろがる照映。そして言い訳をする慈英という状況がしみじみ興味深く、未紘は三者三様の顔をしげしげと見つめた。

「なあ……おまえらほんとは仲良しなの？　仲良しだろ？」

白状しろ、と据わった目で告げる臣に、慈英は「どこがです」とため息まじりに言った。そのとたん、またもアインが「わたしはいいパートナーだと思っていてよ」と割りこんでくる。

「これだもんなあ、もうっ」

あーあ、と拗《す》ねた顔で未紘に抱きついたままの臣がなにを気にしているのかなんとなく悟って、未紘は無意識のまま、形のいい頭を撫でた。未紘も同じ感覚を、久遠に対して持ったことがあるからわかるのだ。

恋愛でないことは知っている。それでも『仕事仲間』そして『相棒』というくくりに入る相手には、どうやっても敵《かな》わない、恋では届かない領域が確実に存在する。未紘はまだ、ましかもしれない。彼らと知りあった際には、すでに照映と久遠は強固な絆《きずな》を結んでいたし、ずっと年上であったから、それはそういうものだ、と納得するのも簡単だった。

けれどアインはつい最近になって彼らのまえに現れた女性だ。しかも雰囲気でわかるけれど、おそらく慈英のことをセンシュアルな目で見てもいる。これでは臣は、気が気でないところもあるだろう。

それでも――。

「そんでも、秀島先生の一番は、小山さんですよ」

「……ほんと、未紘くん」

「はい、まあ。この場にいる全員が、それは知ってますから」

部外者ながら彼らを見てきた人間として、言えることはある。しっかりと確信を持って告げれば、ほんのすこし、近い位置にあった臣の目が揺れた。そして何年経っても慈英が臣に対して、恋のはじまりのような熱意を持って触れ続けているその理由が、わかった気がした。

ゆらゆらと揺れる薄茶色の目、潤《うる》んだそれに対して力強くうなずき微笑んでみせると、ほっとしたように臣がほんのわずか、力を抜いた。

「未紘くん、男前だなあ……惚《ほ》れそう……」

「あはははは、光栄です」

ぽんぽん、と形のいい頭を、さきほどよりもうすこし気安い感じでたたいてみせる。すると、目のまえにいる慈英の目がほんのわずかに尖《とが》って、まったくこのひとたちは、とかぶりを振った。

「そんなわけで秀島先生んとこ行ってってくださいよ。このままだとおれの身が危ない」

「えー。未紘くんだっこすると安心するのに」

ぶうっと子どものようにふくれた臣に、なんと言えばいいやら……と思っていれば、地獄耳の片割れが「ミッフィーは抱き枕に最適だよ」と口を挟んでくる。

「はい、もう酔っ払いさんたちはしゃんとしてくださいね」

どうにか臣を慈英のほうに押しやれば「まだまだ序の口」と笑ったのはアインだった。もう地獄耳についてはなにも言うまいと決めて振り返り、未紘は目を剝《む》く。

「……って、あれ、アインさん、さっき佐藤くんがついでたのにもうカラ……って、エッ、何本あけよるん!?」

もうやめましょうよ、と久遠たちの方へ駆け寄るが、さきほど摑《つか》んでいったハーフボトルも、そして佐藤が酌をしていたぶんも、もう底をついている。

「いくらなんでも、飲みすぎやなかと!?」

大丈夫かこのおとなたちは。さすがに顔をしかめていれば、ひとの世話をするばかりでちっとも腰を落ち着けていなかった佐藤が、「未紘くんは顔に似合わず強いよね」と感心したように言う。

「わりと細いのに、じつは照映さんたちと同じくらい飲んでなかった？」

「はは。そこは九州出身ですんで……って、佐藤くんはちゃんと飲んでます？　ひとのばっかじゃなくてから、ちゃんと食べて飲んで」

「お、こりゃどうも」

立ったままコップを受け取った佐藤が、うまそうに酒に口をつける。一九〇センチを超える、この場でいちばんの長身である彼だが、威圧感はまったくない。慈英や久遠のように『一見おだやかだがクセモノ』というタイプではなく、彼は心底、おおらかで温和なひとだからだろう。

「癒やし系てよう言われません？　佐藤くん」

「はは、言われる言われる。でも未紘くんも言われない？」

「おれは小動物系って言われるとです。で、よう抱き枕にされよる」

「すげーわかる」

腹芸もない、裏も読まなくていい相手との会話は本当になごむ。ほっとしつつ、未紘ももう一杯いただこうか……と視線を戻したところで「あ」と声をあげた。

「なあ、朱斗くん、もうつぶれそうですけど？　だいじょぶかな」

見れば、さきほどまでにこにこしながら唐揚げや卵焼きをつまんでいた朱斗が、レジャーシートのうえでべったりと寝そべっている。

「いくらなんでも、この時期に外で寝こけたら風邪《かぜ》ひくっちゃなか？」

「あー、あれはまあ、持ち主がいるからいいんじゃないの」

苦笑する佐藤が軽く顎をしゃくる。いいのかな、となんとなく心配で見ていれば、端っこで黙々と飲むばかりで、ほとんど誰とも会話をしていなかった碧が、朱斗の頭をひっぱたいた。

「あほか。こんなとこで寝こけんなボケ」

「痛いぃ……」

けっこうな音がしたぶん、かなり痛かっただろうけれど、べそっと泣き顔になった朱斗はなにやらもごもご言いながら碧の膝に上半身を乗りあげ、そのまま膝枕でつぶれていく。「重い！」と文句を言うわりに、強引にどかそうともしていない。

「……弓削くんもなかなか、難儀なひとっぽかね」

「だろ？　めんどくさいんだよ、あいつら」

「聞こえてんぞ、佐藤！」

まったく、あっちもこっちも地獄耳だ。やれやれと肩を上下させた未紘は、ふと振り返る。アインはふたたび酒席のまんなかに戻ってきていて、なにやら臣たちに絡《から》んでいた。元気だなあ、と苦笑したのち、さて久遠はと見れば、桜の大木にもたれたまま微笑んでいる。

楽しそうで、けれどすこし距離を置く、いつものスタイルだ。どこまで本気かよくわからない、未紘の知り合いのなかで最もよくわからない、けれど大事な友人。

すっとそのまま、桜のなかに溶けそうな彼へと、脚が自然に動きだす。

＊　＊　＊

ひらひらと舞う桜のなか、にぎやかな光景を眺め、久遠はひんやりとした桜の木を背につぶやいた。

「……平和だねえ」

もうだいぶカラに近づいた自分の杯を見ると、またも花びらが浮いている。

（おれは、やわらかいものは、握りつぶすよりこうしてたゆたうのを眺めていたいかなあ）

幸せな光景は、とてもよいものだ。ふっと目を伏せ、静かに噛みしめるように飲む。アインに告げたように、この位置はとても、久遠にあう。すこし引いたポジションは楽で、性分《しょうぶん》にもあっているのだ。

（まあ、でもね）

それをほうっておいてくれない相手がいるからこそ、孤独を気取って楽しめるのかもしれないなと、やさしい抱き枕になってくれる青年が近づいてくるのを見つめ、思う。

「久遠さん。ひとりで飲んどらんで、たいがいでこっち混ざりなっせ」

「ミッフィー、おくになまり全開だよ。思ったより酔ってるね？」

「ダイジョブて、おれ酔っぱらっても正気はなくさんけん。それにここまで濃ゆうなんの、久遠さんと照映さんのまえくらいだけん」

にこっと微笑む、太陽に愛された子。久遠にとっても大事な子だ。やさしく、芯が強く、大事なものを大事にしたまま強い大人になりかけている未紘。

「うちのこはほんとにいいこだなあ」

「誰がうちのこかい。……それより、助けてやってくれん？　あれ」

どれ、と視線を向けたさきでは、性懲《しょうこ》りもなく剣呑《けんのん》な空気になった慈英とアインがいる。

「――だから、どうしてそうぐいぐい来るんだ。おとなしくしててくれないなら、速攻で帰ってくれ」

「なによ、さっきまでちゃんとおとなしくしてたわよ。だいたい今回の帰国だって、あなたがどうしても花見したいって言うからスケジュール調整したのに」

「花見をしたいと言ったのはアインのほうだろう！　なんで主格をすり替えるんだ！」

「ふ、ふたりとも落ち着いて……」

さきほどは、アインと慈英の複雑な空気にやきもち全開でいた臣が、おろおろとなだめにかかっているのがおかしい。ぷっと噴きだすと「笑いなさんな」と未紘が肘《ひじ》で小突いてくる。

「そんなこと言ったって、おもしろくない？　あれ。慈英くんが振りまわされてる図ってすごくない？」

「……我慢しよっとだけん、あおらんで」

たしなめつつ、未紘の唇もゆるんでいる。いやいや、と久遠は喉奥で笑いを噛み殺しながら言った。

「まあほんとにね。あの子があんな顔するようになるなんて、想像もしなかったな」

「久遠さんにかかると、秀島先生まで『あの子』になるんね……」

「そりゃね。照映と同じくらいのつきあいだから」

「おっさんくさー」

「ミッフィー、お口が悪い」

にやにや笑う生意気な口をぶにゅっとつまんでやる。「やめんか！」と怒ったふりで叩《はた》き落としてくるけれど、目が笑っているからどうしようもない。

「まったく久遠さんは、いっつもふざける」

「あっ、キスした」

「そうやってごまかす——えっ」

ぎょっとなった未紘が見たものは、もう存分にすごしたせいなのか、すっかりキス魔と化したアインに唇を奪われている——慈英ではなく、臣だった。

「えっ、なにこれ」

「うわーがっつりいってるねえ、アインさん。あれ舌はいってない？」

「のんきなこと言っとらんで止めんと、まじで秀島先生切れるでしょー！」

「ひっひっひ……じ、慈英くんまじすごい顔……まじ……」

青ざめ、慌てふためく未紘をよそに、久遠は笑い続ける。顔じゅうに口紅のあとをつけた臣はもはや、なにが起きているのかわからないという顔で遠い目をしていて、慈英の背後に暗雲が見えるかのようだ。

そして照映は頭を抱え、朱斗は碧にしばかれながらも彼の膝で眠り続けている。

「あれ、そういえば佐藤くんは？」

「空き瓶片づけよらした。あと帰るひとのタクシー手配してくるって」

「あははは、ほんっと使えるなあ彼。っていうかほんっとマイペース」

「だから笑ってる場合じゃない……あーもーアインさん！　ブレイク、ブレイクです！」

叫んだ未紘が、もはやカオスと化した場に駆け寄っていく。そして当然のように、久遠の腕を引っ張るから、傍観者を気取った男は彼らの輪のなかに戻っていくほかにない。

「もう、めんどくさいなあ」

「文句言わん！　ていうか照映さんもどうにかしてよ！」

「これをおれが、どうできるってんだよ、おまえよ……」

「タクシー手配しましたよ。っていうか、水も買ってきました」

「ナイスです佐藤くん！」

叫ぶ声すらも楽しげで、久遠はただただ、笑い続ける。

くるくる、くるくると、桜が舞う。

花弁のやわらかさを慈《いつく》しむような、春の風とひかりのなかで。

あとがき

なまめく夏の逃げ水は遠く
冬の蝶はまどろみのなか
一位の実が爆ぜるまえに
遅日、あどけない日々はめぐり
これらは、今回収録したそれぞれのタイトルとなっております。
四季をテーマにした短編集であることと、総括タイトル「あどけない日々はめぐり」は、原稿に取りかかるより以前、企画の最初に考えてあったものでした。
それぞれの作品の簡単なプロットを作ったのち、テーマがテーマだけに各タイトルには季語をいれよう、そして並べると散文詩のように見えるのはどうか？　と決めたものです。
意味的にはあまりつながっていませんし、ふわっときれいななにか、的な感じで受けとっていただければ幸い。
そしてタイトルにならい、今回のそれぞれの短編は本編との時系列をあえて踏まえず、『彼らがいつかどこかですごした日』というふわっとしたものにしています。

慈英×臣シリーズは自著のなかで、同一主人公での作品数、年数とも最長の継続シリーズとなっており、スピンオフ含めそれぞれの「本編」については、作品内の日時もかなりきっちり作っているのですが、番外編では毎度そこをあえてあいまいにすることにしています。

あとなにしろ……メインキャラクターの慈英と臣はけっこうなシリアス展開でしたので、こういう作品ではお気楽に行きたいかな、というのもありました。

今作を完成させるにあたり、本当にたくさんのひとにお世話になりました。

担当さん、挿画の蓮川先生、素敵な本を作るために多大なるご助力いただき、本当にありがとうございました。家族に友人たち、ずっと支えてくれてありがとう。感謝です。

待っているけど無理はしないよう、と、なんだか身内のようにも思えるほど励ましてくださった読者の皆様にも、深く御礼申し上げます。

そして、十六年どんなときも一緒だった空。つらいときを慰めてくれたちいさな身体の温かさは一生忘れません。これからは、陸と一緒にがんばっていくよ。

さて、この数年体調のこともあり、お休みをいただいていた状態でしたが、今年はぼちぼちと身体を慣らしていく予定であります。春ごろにはこのシリーズの延長上にある誰かが主人公の作品も発表の予定ですので、お目見えの際にはよろしくお願いいたします。

本作品は書き下ろしです。

崎谷はるひ
Sakiya Haruhi

3月16日生まれ。九州出身、神奈川在住。
代表作「慈英×臣シリーズ」。
近著に文芸作品「トオチカ」。
ブログ　soxygen.blog49.fc2.com

あどけない日々はめぐり

2018年1月31日　第1刷発行

著　者 ――――――崎谷《さきや》はるひ

発行人 ――――――石原正康

発行元 ――――――株式会社 幻冬舎コミックス
〒151-0051 東京都渋谷区千駄ヶ谷4-9-7
電話　03(5411)6431［編集］

発売元 ――――――株式会社 幻冬舎
〒151-0051 東京都渋谷区千駄ヶ谷4-9-7
電話　03(5411)6222［営業］
振替00120-8-767643

印刷・製本所 ――――中央精版印刷株式会社

検印廃止

ISBN978-4-344-82995-4　C0093　Printed in Japan

幻冬舎コミックスホームページ　http://www.gentosha-comics.net